Tödliches Talent

Hagen Thiele

Tödliches Talent

Ein Fußballkrimi aus Leverkusen

Gardez! Verlag

Für meine Mannschaft: meine liebenden Eltern Ursula und Reinhard Thiele, meine wunderbare Freundin Britta, Maximilian, mein Band-Kollege und treuer Freund Ron, meine Freunde Hendrik und Elli, Ariane, Ko, Michi und Jessi, Lars, Sven und Eryn, Marvin und Vivi, Philip, Felix, Christian und Sarah sowie Daniel und Sigrid.

Alle Nutzungsrechte dieser Ausgabe bei
Gardez! Verlag Michael Itschert,
Richthofenstraße 14, 42899 Remscheid
www.gardez.de

Lektorat und Korrektorat
Reinhard Boos, Roland Reischl

Umschlaggestaltung
Sandra Ullrich, Remscheid

Titelbild
© SG- design / Fotolia

Layout und Satz
Roland Reischl, Köln

Druck
CPI, Leck. Printed in Germany

Originalausgabe, 1. Auflage 2017

ISBN 978-3-89796-280-4

Inhalt

Der Routinier

Manchmal glaubte er nicht, dass er fähig sein könnte, sein Leben einen einzigen Tag länger zu ertragen. Jeder Tag war Routine, sodass Schmerz und Demütigungen zur Gewohnheit geworden waren. Gleich zweimal hatte der Mann in diesem Monat verschiedene Szenarien eines Selbstmords durchgespielt und in den schillerndsten Facetten ausgemalt. Wie einfach wäre es gewesen, das Lenkrad entschlossen herumzureißen und der Physik den Rest zu überlassen. Dann hatte er an die anderen Menschen gedacht: an die Familien, die einen Ausflug machten, oder die Pendler, die zur Arbeit mussten. Was hatte er für ein Recht, sie aus ihrem Leben zu reißen?

Erschreckend fand er vor allem die Erkenntnis, wie kurz er jeweils davor gewesen war, Gott zu spielen. Er hätte nicht nur über sein eigenes Leben, sondern auch über das anderer Menschen entschieden.

In seiner grauen Welt war das normal. Vielleicht waren die anderen genauso desillusioniert wie er und verabscheuten ihr Leben, aber fanden nicht den Mut, ihm eigenhändig ein Ende zu setzen. Das mochte sein. Doch was wäre, wenn er sich irrte und glückliche Menschen aus ihrem perfekten Leben mit in den Tod nahm? Es waren die gleichen rettenden Gedanken, die auch damals die Überhand gewinnen konnten.

Jetzt saß Andreas Ackermann im Stadion, umgeben von tausenden von Menschen, und schien einer von ihnen zu sein. Doch er war es nicht. Unstet glitt sein Blick über die angespannten Gesichter der Fremden, die um ihn herum saßen.

Der bisherige Spielverlauf war enttäuschend. Zwei zu eins lag die Werkself hinten – und das gegen die ewig ungeliebten Rivalen aus Köln, die in dieser Saison einmal mehr gegen den Abstieg kämpften. Die Karnevalszeit war zwar vorbei, aber in den vergangenen Wochen spielte der FC so, als wären Kamellen gleichbedeutend mit Langzeitdoping. Scherp und Kunz hatten den Leverkusener Spielmacher, einen 23-Millionen-Transfer mit dem klangvollen Namen Luca da Silva, vollkommen aus der Partie genommen.

Mit zwei Fernschüssen hatten die Kölner in der ersten Halbzeit die Führung erzielt und sich danach wie Terrier in die Zweikämpfe gestürzt. Die Werkself hatte später mit einem feinen Solo von Pollock einen Weg durch den Kölner Abwehrblock gefunden und nach seinem genialen Pass in die Mitte auf Rehberger den Anschlusstreffer erzielt – zehn Minuten vor dem Abpfiff.

Die Spannung ließ Andreas Ackermann kalt, obwohl er eigentlich mitfiebern sollte. Sobald er versuchte, sich auf das Spiel zu konzentrieren, schweiften seine Gedanken ab. Er sah sich wieder im Auto sitzen. Manchmal hatte er Angst davor, dass selbst die wenigen positiven Dinge in seinem Leben grau würden. Am liebsten hätte er alles Düstere verdrängt. Ackermann warf einen Blick auf seinen Sohn Julius, der wie hypnotisiert aufs Spielfeld starrte.

Ein freudloses Lächeln stahl sich auf Ackermanns Gesicht. Wie einfach die Welt mit 17 noch ist, wie einfach sie im Fußball ist. Er selbst hatte im Laufe der Jahre erkannt, dass diese Welt die größten Fallen stellte. Unzählige Entscheidungen türmten und türmen sich auf, bis sie zu einem riesigen Knäuel von Verstrickungen heranwachsen und viele junge Menschen überfordern.

Ein Raunen schreckte Ackermann auf.

„Hast du das gesehen!? Dass der den Ball gehalten hat? Das gibt es doch nicht!", schrie Julius seinem Vater zu. Vor ihnen schlug ein älterer Herr mit der Faust in die flache Hand, ein anderer warf seinen leeren Bierbecher in Richtung des gut fünfzig Meter entfernten Kölner Torhüters, der sich entsprechend unbeeindruckt von dem Geschoss zeigte.

„Leeeeeeverkuuuuuusen", skandierten die Ultras und schafften es, dass sich in Ackermann langsam eine Euphorie breitmachte, die seine Depressionen scheinbar zu vertreiben wussten. Es war ihm, als sähe er einen spannenden Film durch ein Milchglas und hätte Watte in den Ohren. Alles war dumpf und fade. Grau.

Aus voller Kehle stimmte er mit seinem Sohn in den Fangesang ein. Beide erhoben sich zusammen mit den anderen Fans von ihren Plätzen. Jetzt hatte es ihn gepackt, dieses Gefühl, Teil einer großen Gemeinschaft zu sein. Ackermanns Nackenhaare stellten sich auf. War es nicht herrlich, mit diesen Fans verbunden zu sein? Dieses Gemeinschaftserlebnis vertrieb sogar seine Einsamkeit, die sich seit Jahren langsam, aber stetig in seine Gefühlswelt gefressen hatte.

Ackermann erinnerte sich sehr genau, wie seine Leidenschaft zum Fußball plötzlich aufgekommen war. „Der Junge möchte Fußball spielen, dann sollten wir ihn hier beim Verein anmelden", hörte er Silkes Stimme fast so deutlich, als stünde seine Frau neben ihm, und alles wäre keine Erinnerung an die Ereignisse vor sieben Jahren. Damals hatte er an ihrem Verstand gezweifelt. Warum sollte man einen Zehnjährigen unvermittelt zum Fußballer machen? Zumal der Junge sich bis dato nicht besonders für Sport interessiert hatte. Schlaksig und ungelenk überragte er die Gleichaltrigen, ohne den Eindruck zu hinterlassen, er würde ein erfolgreicher Sportler werden. Ackermann hatte wie so oft nachgegeben, wenn seine Frau und er sich stritten, und den Sohn zu einem offenen Training von Bayer Leverkusen gefahren. Sie wohnten damals noch in Opladen – welcher Verein sollte sonst in Frage kommen?

Beim Training war alles anders gekommen, als Ackermann es sich vorgestellt hatte. Der Übungsleiter und die anderen Kinder hatten sich sehr offen, ja regelrecht herzlich gezeigt, und Julius sofort integriert. Ackermann hatte sich allerdings zwischen all den stolzen Eltern nicht wirklich wohlgefühlt. Erst als ein Vater ihm auf die Schulter klopfte und sagte, wie hervorragend Julius sich mache, konnte er das unangenehme Gefühl ablegen. An jenem Tag lernte er auch Heinz kennen, mit dem er noch heute befreundet ist.

Sein Sohn war schnell zu einem hoffnungsvollen Talent aufgestiegen. Ohne Zögern suchte er die Zweikämpfe, als hätte er nie etwas anderes getan, erkannte das Spielgeschehen, schlug kluge Pässe und verlud mit einem Schuss gegen die Laufrichtung am Ende sogar den Torhüter der gegnerischen Trainingsmannschaft.

„Ihr Sohn hat Talent, haben Sie mal darüber nachgedacht, ihn im Verein anzumelden?“, hatte der Trainer Ackermann nach dem Spiel gefragt. Der Mann hatte nicht so ausgesehen, als könnte er dem Nachwuchs das Kicken beibringen. Wenn er einmal selbst gespielt hatte, musste es Jahre her sein.

Heute hat dieser Trainer, der Bernd Siebert heißt, den Bierbauch abgelegt und sich eine sportliche Figur erarbeitet. Mit dem Gewichtsverlust ging ein Karriere-Aufschwung einher. Er betreut nun die A-Jugend – und damit jene Talente, die auf den Sprung zum Profikader stehen.

„Wenn Sie das sagen, wird es wohl stimmen“, hatte Ackermann auf Sieberts Vorschlag erwidert und war – eigentlich sind solche Berührungen ihm immer ein Graus gewesen – von dem Trainer aufmunternd in die Seite geknufft worden. In diesem Moment hatte Ackermann keine Abneigung gespürt und mit breitem Grinsen geantwortet, dass er es sich überlegen würde.

Noch am gleichen Tag war er mit Julius losgezogen und hatte den Fanshop der Werkself geplündert: Schuhe, Hosen, Socken, Trikot, extraleichte Trinkflasche und ein Schweißband hatte er unter den kritischen Augen seines Sohnes gekauft. Als beide schon fast wieder daheim waren, fiel dem Zehnjährigen ein, dass sie zu Übungszwecken besser noch einen Ball gekauft hätten. Gesagt, getan – Ackermann hatte nicht lange gezögert, kehrtgemacht und seinem Sohn einen hochwertigen Ball für dessen neu entbrannte Leidenschaft gekauft.

Nun dachte er wehmütig an diese Zeit zurück. Damals hoffte er, dass sich die Ehekonflikte auflösen würden.

Trotz des Dauerstreits mit Sigrid hatte er auf die märchenhafte Fortsetzung ihrer Liebesgeschichte gesetzt.

Am liebsten hätte er von den oft beschworenen guten alten Zeiten, die die Gegenwart verklären, weitergeträumt. Als hätten die Kölner erkannt, dass er dabei war, den emotionalen Draht zum Spiel zu verlieren, wollten sie mit dem nächsten Tor die Vorentscheidung erzwingen. Fernschuss folgte auf Fernschuss. Teufelskerl Falke, der neue Schlussmann der Leverkusener, wehrte einen nach dem anderen ab. Manchen Gewaltschuss hielt er sogar fest, um das Spiel mit einem gekonnten weiten Abwurf schnell zu machen und den Gegenangriff einzuleiten. Luca da Silva sollte in diesen Szenen seine Stürmer mit intelligenten Pässen bedienen. Wie so oft hielt er den Ball viel zu lange und vertändelte den nächsten Konter.

„Gib doch ab!“, schimpfte ein älterer Fan mit Kappe und Schal zwei Reihen weiter vorne, winkte ab, stand auf und verließ den Block. Sein Fußballsachverstand sagte ihm, dass für die Werkself heute nichts Zählbares herausspringen würde. Die letzten Minuten entwickelten sich zur reinsten Zitterpartie. Wieder musste Falke sich bei einem Weitschuss strecken und ließ den Ball abprallen, Kölner Stürmer und Leverkusener Abwehrspieler stürzten sich auf ihn und – mit einem langen Schritt spitzelte ausgerechnet Schönwetterfußballer Luca da Silva den Ball aus der Gefahrenzone, bevor der einschussbereite Scherp ihn erreichen konnte.

Jetzt ging alles sehr schnell. Der Ball wurde mit kurzen, präzisen Pässen durch das Mittefeld gespielt. Ein Raunen ging durch das Stadion. Drei Leverkusener sprinteten Richtung Kölner Strafraum, dicht verfolgt von Kölner Abwehrspielern. Der torgefährliche Matthias Hauptmann konnte sich entscheidend von ihnen lösen. Der Querpass kam millimetergenau, Hauptmann nahm den Ball mit rechts an, legte ihn auf seinen schwächeren Linken, schlug einen Haken, um einem heranstürzenden Kölner auszuweichen, und lupfte ihn mit seinem starken Fuß gefühlvoll über den zu weit vor dem Tor postierten Kölner Keeper. Ausgleich. Zwei Minuten vor dem Abpfiff. Die Fans sprangen auf, umarmten sich und schrien ihre Erleichterung in das Rund der Arena hinaus.

„Wenn sie sich ranhalten, geht vielleicht noch mehr", rief Julius seinem Vater zu. Seine Stimme zeugte von einer eigenartigen Mischung aus Resignation und Hoffnung. Julius misstraute wohl den viel beschworenen Fußballmärchen. Ackermann nickte seinem Sohn stumm zu. Er hatte ein ungutes Gefühl. Auch die Fangesänge erklangen nur zaghaft. Die meisten Fans waren vor Anspannung sehr still geworden, als der Schiedsrichter den Ball für die Kölner freigab. Sofort spielten sie ihn in die eigene Hälfte zurück.

„Natürlich wollen die jetzt nichts mehr anbrennen lassen", murmelte Ackermann kaum hörbar. Erste Pfiffe und Buh-Rufe erklangen. Die Stadionanzeige zeigte: 89:32 Minuten. „Zeitspiel! Zeitspiel! Buh!", schimpfte Julius.

Die reguläre Spielzeit war schon vorüber, als da Silva die Nerven verlor. Rücksichtslos grätschte er einen Kölner auf Höhe der Mittellinie um, der über den Rasen flog und vor der Kölner Ersatzbank laut schreiend liegen blieb. Auswechselspieler und Betreuer sprangen entrüstet auf und rannten an den Rand des Spielfeldes.

Natürlich sah da Silva für seine unbeherrschte Attacke die rote Karte, hob und senkte wie unschuldig die Schultern, ging mit ausgestreckten Händen, die einen Ball formten, auf den Schiedsrichter zu und meckerte ihn augenscheinlich an. Seine Mitspieler standen wie begossene Pudel um ihn herum. Keiner protestierte gegen die Schiedsrichterentscheidung.

„Halt die Klappe und runter mit dir!“, rief eine junge Frau und feuerte ein paar nicht druckreife Beleidigungen hinterher. „Los, mach schon! Klau uns nicht die letzten Sekunden!“, riefen andere, die auf ein kleines Fußballwunder hofften. Vereinzelte Pfiffe erklangen. „Warum geht der Idiot nicht einfach?“, fragte Julius. „Vermutlich, weil er ein Idiot ist“, schimpfte Ackermann. Inzwischen hatten die Leverkusener ihren Star beruhigt und vom Schiedsrichter weggezerrt. Trainer Füllmer hielt da Silva eine ordentliche Standpauke. Die harschen Worte konnte man noch auf der Gegengeraden hören.

Bei dem Chaos war beinahe untergegangen, dass der vierte Offizielle bereits die Nachspielzeit – drei Minuten sollte es oben drauf geben – angezeigt hatte. Die Pessimisten hatten genug gesehen und strömten zu den Ausgängen. „Lass uns gehen, das gibt nichts mehr. Du musst sowieso noch lernen“, schlug Ackermann seinem Sohn vor und stand auf, um sich den anderen anzuschließen. Julius folgte seinem Vater.

„Vielleicht geht es noch was!“, hoffte er im Gehen. Dann gab der Schiedsrichter den Ball frei. Die Kölner spielten ihn direkt an die Seitenlinie. Dort veranstalteten zwei FC-Akteure ein albernes Spielchen mit Hauptmann, der alleine keine Chance hatte, den Ball zu erobern.

Vater und Sohn schoben sich im Tross der Fans die Treppe hinauf. Plötzlich schrien die Zuschauer laut auf. Auch die, die den Glauben an das kleine Sonntagabendwunder verloren hatten, blieben stehen, drehten sich um und sahen dem letzten Angriff des Spiels zu. Hauptmann scheiterte endgültig mit der Rückeroberung des Balles und wurde mit einem Beinschuss düpiert. Ein Kölner Abwehrspieler rannte mit Ball auf die Grundlinie zu. Im Zentrum erwartete Scherp eine Flanke und stieß seinem Gegenspieler kaum merklich für Zuschauer und Schiedsrichter in den Rücken.

Der Leverkusener verlor das Gleichgewicht, rutschte aus. Die Vorlage kam flach und scharf nach innen. Scherp musste nur den Fuß ausstrecken, um ihn an Falke vorbei ins Netz zu schieben. Im Kölner Fanblock war die Hölle los. Die Kölner Spieler stürmten auf ihren Torschützen zu, warfen ihn auf den Rasen und erdrückten ihn fast. Mehr sahen Vater und Sohn nicht mehr. „Ich wusste, wir hätten gehen sollen", meinte Ackermann und schob seinen Sohn zum Ausgang.

Vor dem Stadion herrschte Katerstimmung. Niemand sagte ein Wort. Durch die Niederlage hatten die Leverkusener wertvolle Punkte verloren. Jetzt wurde es für die Werkself ganz schwer, zumal sich das Restprogramm gewaschen hatte. Seit dem Korruptionsskandal in München waren die Bayern wie gehemmt und spielten seit Jahrzehnten zum ersten Mal keine Rolle im Titelrennen.

Das machte die Bundesliga so spannend wie lange nicht mehr. Stattdessen rechneten sich Dortmund, Schalke, Gladbach und Leverkusen – wenn auch inzwischen leicht abgeschlagen – Chancen auf die Meisterschale aus. Wann würde etwas in Ackermanns Leben mal gut laufen? Er fühlte sich schlecht. „Sollen wir das Stück bis in die Innenstadt zu Fuß gehen?", fragte er Julius. Sein Sohn war einverstanden. „Die frische Luft könnte uns gut tun", meinte Ackermann.

Es war nicht mehr Winter, aber auch noch nicht Frühling. Dunkel lagen die Straßen vor ihnen und waren fast wie ausgestorben. Nur ab und an sah man andere Bayer-Fans wie geprügelte Hunde vorbeihuschen. Die Strecke zog sich, das war gut so. Vater und Sohn hatten viele Emotionen zu verarbeiten. Ackermann überlegte, wie er morgen seiner trostlosen Job-Routine nachgehen sollte. *Genauso, wie es dein Sohn und all die anderen normalen Menschen tagein, tagaus tun.*

„Alles in Ordnung?", fragte Julius und sah dabei den Vater von der Seite an. Obwohl dieser über 1,80 Meter groß war, überragte Julius ihn mit seinen gut zwei Metern deutlich. Beide waren schlank und wirkten schlaksig. Für den Sohn waren die Maße ideal. Er besaß ein herausragendes Kopfballspiel und war trotz seiner Größe im Antritt spritzig, so dass er Laufduelle auf den ersten Metern für sich entscheiden konnte.

Leider waren das Qualitäten, die Jugendtrainer Bernd Siebert kaum würdigte. Zumindest war das Ackermanns Eindruck. Der Trainer mochte eher kleine und wendige Spieler. Ironischerweise waren es ja Sieberts aufbauende Worte gewesen, die Julius zum Fußball gebracht hatten – leere Versprechungen, nicht mehr. Damals folgten nur noch wenige Übungseinheiten, bevor Siebert befördert wurde. Es waren dessen Nachfolger, denen Julius sein spielerisches Können und vor allem seine Disziplin verdankte. Er vereinte Talent mit Laufbereitschaft und Leidenschaft, was alle Trainer, außer Siebert, immerzu bestätigten.

In Ackermanns Augen war es ungerecht, dass ausgerechnet dieser Siebert über die Karriere seines Sohnes entscheiden konnte. Siebert war in der Vergangenheit als Trainer der Profimannschaft ausgemustert worden, weil er als Alkoholiker aufgefallen war.

Dass er – unbeobachtet von den Massenmedien – nach einer Zwangspause zum Jugendtrainer ernannt und kurz darauf erneut in verantwortungsvoller Position eingesetzt wurde, ärgerte den Vater – und zeugte nach seiner Meinung von der Vetternwirtschaft innerhalb der Vereinsspitze.

Es war bekannt, dass der Leverkusener Sportchef und der ehemalige Cheftrainer sich immer gut verstanden hatten, sodass Siebert der Weg in den Jugendbereich offen stand. Am meisten wurmte es Ackermann, dass der Trainer sich scheinbar nicht mehr an seine aufmunternden Worte von früher erinnert konnte. Ackermann wollte mit dem Typ nichts mehr zu tun haben. Er beschränkte sich darauf, seinen Sohn vom Training abzuholen und der einen oder anderen Einheit gemeinsam mit den anderen Eltern zuzusehen.

Nach einem langen, schweigsamen Marsch über einsame Bürgersteige hatte das Vater-Sohn-Gespann den

Busbahnhof in Leverkusen Mitte erreicht. In zwanzig Minuten sollte der nächste Bus fahren. An der Haltestelle warteten Kalle, Norbert und Heinz. Die drei Familienväter wohnten alle in der gleichen Siedlung wie die Ackermanns.

„Was für ein Mist dat war!“, schimpfte Heinz direkt los. Seine Stimme war vom lauten Brüllen in der Arena noch rau. Norbert und Kalle, beide etwas kleiner und korpulenter als der hünenhafte Heinz, grüßten wortlos, bevor sie in die Schimpftiraden einstimmten.

Julius schien sichtlich begeistert, dass das Trio sich viel heftiger über die Niederlage aufregte als sein Vater – und beteiligte sich vehement an den Verwünschungen gegenüber den Kölner Spielern, der eigenen Mannschaft, dem Trainer und der gesamten Führungsetage der Leverkusener. Der Schiedsrichter wurde nicht für die unglückliche Niederlage verantwortlich gemacht.

„Mensch Andreas, lass doch mal deine Wut raus und guck nicht so wie sieben Tage Regenwetter. So schlimm ist die Niederlage nun wieder auch nicht“, munterte Norbert ihn auf und deutete mit einer Bewegung an, als wollte er ihm spielerisch einen Schlag in die Seite verpassen.

„Könnt ihr meinen Vater nicht mit in den *Steilpass* nehmen?“, fragte Julius unvermittelt. Ackermann traute seinen Ohren nicht. „Ich muss morgen arbeiten“, protestierte er. „Außerdem lasse ich mich doch nicht von meinem 17-jährigen Sohn in die Kneipe schicken.“

Heinz beurteilte den Vorschlag ganz anders. „Dein Junge hat recht. Ich weiß gar nicht, wann wir uns das letzte Mal einfach so auf ein Bierchen getroffen haben. Also ohne Frauen und Kinder. Nichts für ungut, Julius."

„So ein Bierchen gegen die Niederlage könnte wirklich helfen", meinte Kalle. „Vielleicht sogar zwei oder drei – das war schon bitter." Kalle lachte, während Norbert grinsend eine Hand mit zwei ausgestreckten Fingern hochhielt. Einen Finger nach dem andern streckte er aus, bis er schließlich alle fünf zeigte. „Nur um sicherzugehen", erklärte er mit einem schelmischen Grinsen auf den Lippen.

„Was soll ich deiner Mutter sagen? Sie wollte noch etwas mit mir bereden, oder nicht?", fragte Ackermann unsicher.

„Wenn ich gleich zu Hause bin, werde ich ihr sagen, dass das noch Zeit hat", erwiderte Julius. Auf Norberts, Kalles und Heinz' Gesichtern zeichnete sich Anerkennung ab.

„Der Kleine hat es ja faustdick hinter den Ohren", meinte Norbert und deutete auf den „Kleinen", der den fast kugelrunden Familienvater um beinahe zwei Köpfe überragte, ebenfalls eine scherzhafte Angriffsbewegung an. Alle mussten lachen. Mit Verzögerung lachte sogar Ackermann mit, zog es aber vor, nicht zu sehr aufzufallen. Aufgesetztes Lachen hatte er eingeübt: Es war ein rein mechanischer, meist vollkommen freudloser Prozess geworden, der ihm leidige Fragen ersparte.

„Gut, überredet", hörte er sich sagen.

Steilpass

Das urige Gebäude wirkte noch windschiefer als sonst. Der ehemalige Bauernhof, der etwas außerhalb in Richtung Opladen an einer Durchgangsstraße lag, war vor vielen Jahren vom damaligen Besitzer mit viel Liebe zum Detail in eine hervorragende Schankwirtschaft umgebaut worden. Obwohl das Konzept aufging, deftige und qualitativ hochwertige Speisen und ein seltenes Kölsch aus der näheren Umgebung auszuschenken, blieb irgendwann die Kundschaft aus – und das von heute auf morgen.

Nur wenige Monate später musste der *Zinnkrug*, so hieß die Wirtschaft damals, schließen. Die neuen Betreiber, drei junge Burschen, wohl Ende zwanzig, behielten den optischen Stil im Großen und Ganzen bei, modernisierten hier und dort, bis Yuppie-Laden und rustikale Schänke nahtlos ineinanderflossen, und garnierten ihre Kreation mit etwas Leverkusener Fußball-Romantik. Diese uferte jedoch so weit aus, dass sich das Trio entschloss, aus dem geplanten Szene-Lokal eine Fußballkneipe zu machen.

Ackermann kannte keine andere Kneipe, in der an den Wänden alte Eggen, Sicheln und Spitzhacken hingen, auf den Tischen Lavalampen standen und sich über den Tresen Bayer-Schals und Bayer-Fahnen und Bayer-Girlanden von der einen zur anderen Seite spannten. Die dicken Fenster vermittelten dagegen Gutsherrenatmosphäre und schienen mehrere hundert Jahre alt zu sein – zumindest für Betrachter mit genügend Fantasie oder einer Menge Kölsch intus. Sie waren trüb und milchig und setzten sich aus kleinen Glasquadraten zusammen, die von Eisengittern umfasst wurden. Die passive Deckenbeleuchtung, so erfuhr man beim Plausch mit den neuen Besitzern, erhellte sie optimal. Spötter meinten hingegen, alles sähe aus wie in einem Museum. Zu dieser Fraktion zählte Heinz, der keine Gelegenheit ausließ, seinem *Zinnkrug* nachzutrauern.

Manchmal klangen seine allen bereits bekannten Geschichten so, als berichte er von seinem verstorbenen Großvater. An besonders rührseligen Abenden glaubte man, er trauere einer verflossenen Liebschaft hinterher. Dennoch schätzte Heinz das Bier und die deftigen Speisen so sehr, dass er dafür seine Yuppie-Vorbehalte über Bord warf. Für Kalle, Norbert und Ackermann war hingegen wichtig, dass der *Steilpass* direkt an einer Bushaltestelle lag. Für Familienväter, die gewöhnlich vor 22 Uhr die Trinkabende mit Freunden einstellen mussten, war das ein sehr wertvoller infrastruktureller Vorteil.

„Ach, so ist das schon viel besser“, meinte Heinz, während er auf einem Stück Schnitzel herumkaute und wie automatisch nach seinem Kölsch griff, um mit einem großen Schluck nachzuspülen. Das Glas war mit einem Zug zur Hälfte geleert.

„Ich staune immer wieder, dass es bei dir nicht ansetzt“, sagte Kalle und rieb sich mit gespielt trauriger Miene den Bierbauch. Norbert ahmte ihn nach und fragte: „Was soll ich erst sagen?“ Heinz musste lachen. „Hört auf damit, die Leute gucken schon zu uns rüber!“

Die anderen stimmten in das Lachen mit ein, Ackermann mit der üblichen Verzögerung. „Komm, trink aus. Ich bin schon beim dritten und dein Glas sieht immer noch jungfräulich aus“, schimpfte Heinz.

Wortlos setzte Ackermann die Kölschstange an die Lippen und nahm einen großen Schluck. Es schmeckte gut – natürlich. Aber was brachte das Trinken? An der Niederlage änderte sich nichts. An seinem Leben mit dem nächsten Morgen und dem Start in eine weitere Woche, die ebenso schrecklich wie bedeutungslos war, änderte sich nichts. An der Tatsache, dass Julius es trotz harter Trainingsarbeit und entbehrungsreicher Jahre nicht in den Profikader schaffen würde, änderte sich nichts.

Am liebsten hätte er alles Schreckliche für immer verdrängt. Mit dem nächsten Zug hatte er ausgetrunken. „Geht doch“, lobte ihn Heinz und zerlegte das riesige Schnitzel, das in der gusseisernen Pfanne von Pommes und Pilzen flankiert wurde, weiter. Die Pfanne glich einem Schlachtfeld aus Soße, Fleisch und Beilage. Norbert starrte das Schauspiel fasziniert an.

„Nun gut, zurück zum Thema“, sagte Kalle. „Wir sind uns alle einig, dass sich etwas ändern muss. Die Saison fing so gut an und jetzt reicht es nicht mal mehr für die Champions League, wenn wir in den nächsten Spielen nicht einige Dreier einfahren. Da kann unser guter Lauf in der Euro-League auch nicht wirklich helfen. Kerngeschäft is' ja immer noch die Liga.“

Norbert nickte. „Ich hoffe ja fast, dass es so bleibt.“

Alle – auch Ackermann, dessen Blick sich bereits etwas trübte – drehten sich ruckartig zu ihm um. Er presste die Lippen aufeinander und kniff die Augen zusammen, was immer an einen Maulwurf erinnerte. „Seht mich nicht so fassungslos an. Wenn die es einmal so richtig vergeigen, dann wird es auch im Vorstand und für den Trainer eng. Die Entscheider sind das Problem, nicht die Mannschaft!“

„Was soll der Trainer denn machen, wenn die Idioten zu faul sind, mehr zu laufen? Fußball ist ein Laufsport. Der beste Trainer kann nix dafür, wenn sich seine Spieler nicht an seine Vorgaben halten“, erwiderte Kalle und verschränkte die Arme vor der Brust. Mit dieser Meinung stand er auf verlorenem Posten. Zumindest generell. Im Speziellen hatte er einen Verbündeten und setzte zum tödlichen Steilpass an. „So ein Schönwetter-Kicker wie dein beknackter da Silva will doch nur abkassieren, Norbert!“

Heinz hämmerte mit der Faust begeistert auf den Tisch. Das Kölsch schlug in den schmalen Zylindern kleine Wellen. „Das habe ich immer schon gesagt. Deswegen müssen Vorstand und Trainer weg! Was haben die sich nur bei dem Kauf gedacht?“, schrie er los und bestellte – begeistert davon, sein Lieblingsthema auf dem Silbertablett serviert bekommen zu haben – mit einer kurzen Geste eine weitere Runde. „Trinkt aus! Es gibt Nachschub!“

„Ein einzelner Spieler kann doch nichts ändern, wenn er falsch eingesetzt wird. Da Silva ist ein begnadeter Fußballer, aber das Spiel muss auch auf ihn zugeschnitten sein. Unser trauriger Haufen zieht ihn runter“, konterte Norbert.

„Mann, Norbert. Was erzählst du für einen Mist! Mit so einem Unfug ziehst du mich auch runter“, schimpfte

Kalle los. „Es war ’ne Schnapsidee, den zu verpflichten. Der hat das ganze Mannschaftsgefüge durcheinandergebracht. Wat sollen wir denn mit einem, der mehr verdient als die Hälfte der anderen Jungs zusammen – aber dann nicht mal bereit ist, sich für die ganzen Millionen den Arsch aufzureißen, sondern sich das Geld lieber in selbigen hineinschieben lässt, am besten noch parfümiert. Der hätte weiter bei den Scheichs im Vorgarten kicken sollen.“

„Ja, genau! Kalle liegt völlig richtig. Wir haben mehr verdient als ewiger Zweiter zu sein. Damit sich was auf dem Rasen ändert, muss sich erst oben im Verein was ändern“, warf Ackermann mit schwerer Zunge ein. Er war es nicht gewohnt, so schnell zu trinken. „Am besten sollte man die halbe Führungsspitze in Verbannung schicken!“, fuhr er fort.

„In Verbannung?“, wiederholte Heinz grinsend. „Am besten an einen trostlosen Ort mit noch trostloserem Verein.“

„Am besten irgendwo in Westfalen! Gibt es eigentlich die Arminia noch?“, fragte Ackermann und lachte, während die Bedienung vier Kölsch vor Heinz platzierte. Eines schob er direkt zu Ackermann rüber. „Du bist mir ja ein Kollege. Erst sagste gar nix, dann wirste zum Spaßvogel. Hier, trink noch einen, das wird bestimmt noch lustig heute Abend!“ Sie hoben die Gläser und tranken darauf, dass wahlweise der Trainer, da Silva, die Vereinsspitze oder auch gleich alle zusammen an der verkorksten Saison die Schuld trugen. In den Trinkspruch stimmten ein paar Männer an den Nebentischen ein, bis er schließlich im Lokal die Runde gemacht hatte.

Ackermanns Runde schwieg eine Weile.

„War ja klar, kaum haben wir die Lösung parat, verfallen wir in Schockstarre. So geht das nicht weiter!“, setzte Heinz das Schimpfen fort und schwenkte sein Kölsch-Glas umher, als befände sich in dessen Innerem ein edles Destillat, was noch unter etwas Bewegung sein volles Aroma entfalten müsste.

„Was sollen wir denn machen? Den Vorstand eigenhändig absetzen?“, fragte Norbert.

„Das ist vielleicht gar keine so schlechte Idee“, murmelte Ackermann. Seine Freunde überhörten seinen Beitrag und entdeckten nicht das kalte Funkeln in seinen Augen, als ihr Kumpel mit seinen Gedanken abdriftete. Wie oft zogen Menschen wie er den Kürzeren, wenn Entscheidungen von Leuten getroffen wurden, die eigentlich kein Recht haben sollten, über andere Schicksale zu entscheiden. Ackermann dachte vor allem an einen gewissen Jugendtrainer, der bald die Entscheidung träfe, ob die Profikarriere von Julius richtig starten oder bald enden würde. *Dem Typ sollte man mal die Meinung geigen*, nahm sich Ackermann vor und ballte die Hände zu Fäusten.

Das laute Lachen von Heinz und Norbert riss Ackermann aus seinem Tagtraum.

Kalle sah beleidigt aus.

„Wie oft sollen wir dir noch sagen, dass du da keine Bar eröffnen kannst“, sagte ihm Norbert, sichtlich um Fassung bemüht.

„Natürlich könnte ich das. Das würde laufen. Nicht nur die Deutschen wollen auf Teneriffa gutes Bier trinken, sondern auch die ganzen Briten. Da sind eh mehr

Engländer als sonst was. Meist gibt es dort nur die gängigen Pils-Sorten. Außerdem sind sie viel zu teuer. Wenn ich ein gutes Kölsch anbiete, dazu deftige Hausmannskost und das mit 'ner gemütlichen Stimmung garniere, die an 'ne gute, alte Eckkneipe erinnert, wird das eine Goldgrube." Kalle nickte sich selbst zu und nahm den nächsten großen Schluck.

„Das mag ja alles sein – vor allem mit deinen Briten –, aber was passiert, wenn die bei dir an der Bar bestellen, mein lieber Kalle?", fragte Heinz und sah schon nach Schadenfreude aus. „Das ist da nämlich so üblich." Der spöttische Tonfall war natürlich auch Kalle nicht entgangen, der mit seiner Antwort zögerte. „Was soll da schon passieren? So schlecht ist mein Englisch nicht", entgegnete er trotzig.

„Nun, das mag ja sein", begann Heinz, „allerdings musst du bedenken, dass die Briten doch keine Umlaute kennen. Ich sehe schon vor mir, wie du deinen Gästen nach dem ersten ‚Fruh Kolsch' stundenlang mit kölschem Denglisch versuchst, die korrekte Aussprache beizubringen, bis sie genervt abziehen."

Heinz und Norbert lachten so laut los, dass sie gar nicht den lauernden Blick ihres schweigsamen Freundes bemerkten. Ackermann hatte den Gesprächsfaden längst verloren. Er warf einen Blick auf die Uhr. Oben – so stellte er sich sein Hirn aktuell vor – begann es wild zu rattern, als er ausrechnete, ob er sich noch ein Bier vor dem Weg zur Haltestelle erlauben könnte, um nicht den letzten Bus zu verpassen. *Scheiß der Kölner druff*, entschied er, hob den Arm, bis er Blickkontakt mit dieser Liebesgöttin von Kellnerin hatte und deutete auf sein noch halb volles Glas. Sie lächelte und leitete den Zapfvorgang ein.

Ach, irgendwie gab es ja doch noch gute Momente, war Ackermann sicher und nahm einen tiefen Schluck. Die trüben Gedanken, die er nicht ganz verbannen konnte, beachtete er nicht und starrte stattdessen auf den Zapfhahn. Vielleicht schaffte er ja sogar noch ein weiteres nach diesem Bier?

Er schaffte letztlich sogar noch drei und verpasste den Bus um eine gute Stunde.

Beinahe hätte Ackermann laut geflucht, als er immer und immer wieder daran scheiterte, den Schlüssel ins Schloss zu bugsieren. Zwischenzeitlich hatte er sich mehrmals überzeugt, dass es auch der richtige war, mit dem er versuchte, die Haustür zu öffnen.

Trotz der Serie von Fehlschlägen zwang er sich zur Ruhe. Es war inzwischen kurz nach ein Uhr in der Nacht. Bestimmt hatte er genug Promille im Blut. Seine Füße brannten, nachdem er einen beachtlichen Fußmarsch zum nächsten Geldautomaten in der Innenstadt zurückgelegt hatte, um das nötige Bargeld für ein Taxi abzuheben. Ein übel gelaunter Mann, der Ende fünfzig gewesen sein musste und leise klassische Musik laufen gelassen hatte, hatte ihn mit unverhohlener Abscheu zu seinem Ziel in die Neubausiedlung im Leverkusener Umland gefahren.

„Normalerweise fahre ich eigentlich eher junge Leute heim, die einen draufgemacht haben und immerhin vernünftig genug sind, ein Taxi zu nehmen. In Ihrem Alter nehmen die Exzesse eigentlich ab. Was ist denn passiert, Scheidung?", hatte der Fahrer gefragt. Ackermann war nur ein Satz in den Sinn gekommen: „Schön wär's!"

Die restliche Fahrt hatten sich die beiden angeschwiegen, während bei Ackermann die verklärende Wirkung des Alkohols allmählich nachließ und er sich langsam einige Probleme bewusst machte. Morgen musste er für die Arbeit um halb sechs aufstehen und hatte zu allem Überfluss einen langen Tag vor sich, der ihn zu diversen Kunden in verschiedenen Städten führen würde. Welche Städte das waren, wusste er nicht mehr auswendig. Nur eines war klar, er würde einen Kater haben und mit jedem Ausatmen eine beißende Alkoholfahne ausspeien. Aber das Schlimmste war Silke, seine Frau.

Er wusste, dass sie trotz aller Ausreden oder allem Zureden ihres gemeinsamen Sohnes nicht so schnell ins Bett gegangen sein würde. Vermutlich hatte sie sich einen Fahrplan geschnappt und recherchiert, wann er zurückkommen müsste, hatte in der Küche Stellung bezogen, um dort – gewappnet mit einem schweren Rotwein, der ihr Blut so richtig in Wallung bringen würde – auf ihn zu warten. Auf das erste Glas wäre dann, nachdem von Ackermann auch kurz vor Mitternacht nichts zu sehen gewesen war, noch eins gefolgt. Gegen halb eins wird sie unverrichteter Dinge ihren Posten verlassen und eine Nachricht oder eine schriftliche Schimpftirade auf dem Küchentisch hinterlassen haben, fixiert von dem benutzten Weinglas, hoffte Ackermann. Er schüttelte den Kopf, um die Bilder, diese bösen Gespenster, zu verbannen. Dann verbuchte er endlich einen Erfolg.

Fast zärtlich glitt der Schlüssel ins Schloss. „Warum nicht gleich so“, flüsterte er und schob die Tür sachte auf. Jedes Knarren könnte ihn verraten. Zwielicht lag vor Ackermann, in das er unbeholfen hineintorkelte. Vorsichtig setzte er einen Fuß vor den anderen. Jeder falsche Schritt konnte zur Katastrophe führen. Ackermann dachte gerade darüber nach, ob er nicht vielleicht auf der Couch schlafen sollte, als plötzlich das Licht eingeschaltet wurde. „Dass du dich nicht schämst“, zischte Silke aus der geöffneten Küchentür.

Sie hatte einen Morgenmantel übergezogen, hielt ein halb geleertes Weinglas in der linken Hand, während die rechte mit ausgestrecktem Zeigefinger drohend auf Ackermann wies. „Du bist wirklich das Allerletzte! Was denkst du dir eigentlich? Du musst morgen arbeiten und streifst mit diesen grenzdebilen Idioten umher?“, schoss Silke hinterher.

Jede einzelne Silbe traf Ackermann wie ein akustischer Hammerschlag. Das Gesicht seiner Frau war zu einer wütenden Maske mutiert, ihr Make-up von Tränen ganz und gar zerlaufen. Es glich einer unbeholfenen Kriegsbemalung. „Das war es, ich will endgültig die Scheidung!“, brüllte sie.

Ackermann hasste sie für dieses furchtbare Verhalten. Es war immer die gleiche Leier. Sie steigerte sich über Stunden in etwas hinein und sagte am Ende, dass sie ihn habe treffen und wachrütteln wollen, es aber nicht so ernst meinte. Er wusste, dass es nichts brächte, sich auf dieses Spiel einzulassen und ignorierte ihre wüsten Drohungen. So unaufgeregt wie möglich machte er sich auf den Weg hinauf ins Bad.

„Du kaltherziges Miststück! Wo bleibt deine Entschuldigung? Meine Mutter hat mich immer vor dir gewarnt!“, tobte Silke weiter.

Sie folgte ihrem Mann als schimpfender Schatten und baute sich vor der Badezimmertür auf. „Wie du aussiehst! Du müsstest dich mal im Spiegel sehen!“, zischte sie, als Ackermann das Bad verließ. „Wehe, wenn Julius wach wird. Der arme Junge leidet schon genug unter deinen Eskapaden und dem ganzen Streit, den du provozierst! Wegen dir wird er es auch nicht in die Mannschaft schaffen!“ Ackermann blieb wie erstarrt stehen. Dieser Vorwurf traf ihn wie ein Keulenschlag, selbst wenn er Unsinn war. Oder nicht? „Die Leute merken doch, dass etwas nicht mit dir stimmt. Julius ist so ein netter, lieber und gewissenhafter Junge, aber du verbaust ihm alle Chancen, weil du ihn runterziehst.“

Dann bring du ihn doch zum Training und hol ihn wieder ab, damit ich die Leute nicht erschrecke, wollte Ackermann antworten und wandte seiner Frau den Rücken zu. Er sagte nichts, weil er glaubte, dass er unter diesen Umständen keinen vernünftigen Dialog führen konnte, und ging wortlos ins Bett. 1:23 zeigte das Display seines Weckers. Die ersten Kopfschmerzen meldeten sich. Am liebsten hätte er sich eine Flasche Wasser ans Bett gestellt.

„Denkst du echt, ich werde alles vergessen und mich neben dich legen, Andreas?“, zeterte Silke, als ihr Mann sich bis auf die Shorts auszog und ins Ehebett legte, und schnappte sich ihre Bettdecke. „Steh morgen bloß auf! Nur, weil du wie ein Irrer säufst, muss dein Sohn nicht darunter leiden, dass sein Vater am Ende einen sowieso miserablen Job verliert!“ Silke fixierte ihren Mann wie eine Furie, bevor er das Licht ausschaltete und sie das Zimmer verließ.

Ackermann versuchte vergeblich einzuschlafen. Bilder vom heutigen Abend, von seiner Arbeit, von seinem Sohn liefen wirr durcheinander. Zwischendrin tauchte sein verstorbener Vater vor ihm auf. Der ehrwürdige Familienpatriarch hatte sich erst sehr spät in der Familienplanung engagiert. Andreas war für ihn ein Jammerlappen. Das Erbe hinge an einem Nichtsnutz, der nie verstehen würde, wie die Welt funktioniere, hatte er bei Familienfeiern verächtlich hinausposaunt und ihm die einzig wahre Lebensphilosophie mitgegeben. Mit harter Hand durchregieren. In der Familie, in der Erziehung, im Beruf. Nur der Stärkere setze sich am Ende durch.

Ackermann stand der Schweiß auf der Stirn. Es war nicht nur der Alkohol, der seinem Kreislauf zusetzte. Sein Vater, der vor 13 Jahren an einem Herzinfarkt gestorben war, besaß noch eine solche Macht über ihn, dass es ihm augenblicklich schlecht ging, wenn er an diese Mischung aus Drohungen, Verwünschungen und Arroganz, dass die Familie Ackermann etwas Besseres sei, dachte. Oft fragte er sich, ob sein alter Herr nicht doch zurecht behauptet hatte, dass er eine einzige Enttäuschung sei?

Ackermann hätte sich gerne in den ewigen Streitereien mit seiner Frau besser behauptet. Aber er schaffte es einfach nicht. „Bestimmt würdest du mir jetzt sagen, dass nicht die anderen, sondern nur ich für meine Probleme verantwortlich bin“, murmelte Ackermann leise. Vergessen hatte er in diesem Augenblick, dass sein Vater zwar Untergebenen gegenüber stets dominant und autoritär aufgetreten war und sie gerne schikanierte, es zu einer einflussreichen Karriere aber trotzdem, oder vielleicht gerade deshalb, für ihn nicht gereicht hatte. Zeitlebens hatte er sich mit der Stelle als Leiter einer kleineren Abteilung bei einer Versicherung begnügen müssen. Dass er, wenngleich schlechter bezahlt, einen ähnlichen Weg eingeschlagen hatte, ärgerte Ackermann sehr häufig. Kurz darauf verloren sich seine Gedanken und er schlief ein.

Auswärtsspiel

Im Haus war es noch still. Nur Ackermanns Schritte klackerten über das Küchenparkett. In seinem Kopf hämmerte es unentwegt. Er bereute das gestrige Saufgelage. Selbstmitleid half ihm aber nicht weiter. Was ihm half, war einstudierte Routine: eine schnelle Dusche, anziehen – aber außerhalb des Schlafzimmers, um Silke nicht zu wecken – die Treppe runterschleichen, im Stehen frühstücken, hinaus zum Auto.

Auch Silke hatte zu ihm bekannten Gewohnheiten zurückgefunden. In der Nacht hatte sie sich zurück ins Bett geschlichen und an der Kaffeemaschine eine Nachricht hinterlassen. Ihr täte es leid, sie habe überreagiert. Er solle bitte verstehen, dass sie nicht wolle, dass er ihre gemeinsame Zukunft aufs Spiel setze.

Natürlich wolle sie nicht die Scheidung. Schließlich trüge auch sie Verantwortung gegenüber ihrem Sohn. *Vor allem würde dir das Geld aus meinem miserablen Job fehlen*, dachte Ackermann, als er den Zettel las, ihn zusammenknüllte und achtlos in den Müll warf.

Er hatte Silkes Spielchen nach fast zwanzig Ehejahren endgültig satt und nahm sich wieder einmal vor, die gestrige Szene nicht kommentarlos hinzunehmen. Bislang war es ihm nie gelungen, diese „Ich werde ab jetzt alles ändern“-Schwüre einzuhalten. Er hatte sich an sein Versagen so sehr gewöhnt, dass er sich manchmal fragte, ob es nicht Teil seiner DNA war.

Der Blick auf die Uhr brachte Ackermann zurück ins Hier und Jetzt. Obwohl jeder Handgriff saß und er nicht über Ausführung oder Abfolge nachdenken musste, war er wieder viel zu spät dran.

Es war schon nach sechs. Das bedeutete Stau auf den Straßen. Ausgerechnet heute hatte er Kundengespräche Richtung Köln und später in Bonn. Ihn erwartete der buchstäbliche Wettlauf gegen die Zeit, nur dass die Strecke bei diesem Wettkampf mit tausenden Hindernissen zugestellt war.

Ackermann verließ eilig das Haus, zog die Tür so zärtlich zu, als könnte das kleinste Geräusch einen Alarm auslösen, und ging zu seinem Wagen. Vor und neben ihm standen uniforme Reihenhäuser. Charakter- und seelenlos. Plattenbauten Marke DDR, *Wohnverwahrungseinheiten*. Sein engagierter Pauker hatte vor zig Jahren im Erdkundeunterricht damit auf ein Leben angespielt, in dem das Individuum nicht mehr als die Summe seiner Arbeitskraft in einem Privatleben ohne jede Möglichkeit zur freien Entfaltung war.

Waren die Reihenhaussiedlung, der bedeutungslose Job als Versicherungsmakler, um Haus und Auto abzuzahlen und Essen für sich und seine Familie zu kaufen, wirklich die Utopie uneingeschränkter Entfaltung, die das Leben im Kapitalismus verheißungsvoll versprach? Ackermann kam sich eher wie eine Ameise vor. Sicherlich war sein Tun in irgendeiner Form nützlich, doch heute steckte er mit hunderten, vielleicht tausenden anderen gescheiterten Träumern in diesem Vorstadtfegefeuer fest. Den Leuten hier ging es einerseits nicht schlecht genug, um gegen den Status Quo zu rebellieren, aber andererseits nicht so gut, dass sie von Erfüllung, Glück und Sinnhaftigkeit sprechen würden, wenn sie über ihr Dasein nachgedacht hätten.

In fast allen Auffahrten standen wie schlafende Dickhäuter die Familienkutschen. Fast alle geleast, aber in den Augen vieler Besitzer Symbole eines vorzeigbaren Wohlstandes. Ackermann gab sich seit Jahren mit einem alten VW zufrieden, dessen Motor mittlerweile seltsam knatterte. Er war in seiner Nachbarschaft der Erste, der in den Arbeitstag startete, und oft der Letzte, der abends nach Hause kam. So verpasste er wertvolle Zeit mit Julius, wenn er bei Kunden oder im Auto festsaß.

Wehmut und Trauer erfassten ihn in diesen Tagen. Heute waren sie fast vollkommen aus seinem Leben verschwunden. In gewisser Weise war er dankbar dafür, diese Emotionen nicht länger spüren zu müssen. Zwar liebte er seinen Sohn noch, das konnte er von sich behaupten, weil er es auf rationale Weise wusste, aber er spürte diese Liebe nicht mehr so wie früher. Sie war zur Routine verkommen, in der echte Gefühle gelegentlich zaghaft aufflackerten wie eine zitternde Streichholzflamme im Wind. Immerhin sorgten sie dafür, dass er sich in seinen depressiven Phasen erinnerte, wie es ist, wenn man fühlt. Diese Hoffnungsschimmer gaben ihm aber keinen Trost. Sie machten alles nur schlimmer.

Ackermann verzog bei diesen Gedanken sein Gesicht zu einer Grimasse, dann setzte er sich ins Auto. Die Tür machte ein knirschendes Geräusch, als er sie öffnete, und knarrte laut, als er sie schloss. Am liebsten hätte er eine Münze geworfen, ob er in Burscheid oder Leverkusen auffahren oder gleich die Variante über Land und durch die Stadt wählen sollte. Über die nahe Auffahrt Burscheid hoffte er, via Autobahn zum Leverkusener Kreuz zu gelangen und es zu passieren, bevor der tägliche Stau sich zu einem monströsen Hindernis ausbreitete. Nach sechs Uhr war freie Fahrt eine naive Illusion. Die Variante, direkt nach Leverkusen zu fahren und dort auf die Autobahn zu wechseln, schien ihm sinnvoller.

Seit Politik und Verwaltung es verschlafen hatten, das Geld für die Straßeninstandhaltung in den vermutlich kritischsten Verkehrsknotenpunkt in NRW zu investieren, war das tägliche Chaos Normalität geworden. Eine der reichsten Industrienationen der Welt kapitulierte vor einem Fluss. „Man sollte die Verantwortlichen öffentlich ohrfeigen", hatte Heinz einmal abends im *Steilpass* gesagt und Beifall erhalten. Eine Frau hatte ihm dafür ein Bier ausgegeben.

Niemand konnte diese desaströse Situation auf Dauer ertragen, aber – und da traf Heinz wohl den Nagel auf den Kopf – solange Landtag und Bundestag weit weg vom Chaos regierten, interessierte es die gewählten Volksvertreter einen Dreck, dass sie dem gemeinen Arbeitnehmer trotz hoher Kfz-Steuern eine asphaltierte Hölle zumuteten.

Das Nadelöhr, das die Baustelle an der Brücke unweigerlich formte, war Ursache zahlreicher Unfälle und Vollsperrungen. Ackermann hatte schon Lkw-Fahrer gesehen, die in der kilometerlangen Schlange für die Alternativroute über die A3 standen und in ihrer Verzweiflung Außenspiegel und Zähne putzten oder sich aus dem Fahrerfenster heraus die Fußnägel schnitten.

Er sollte sich besser beeilen, um solche Szenen nicht auch an diesem Morgen ertragen zu müssen.

Der Tag war noch jung. Kalte Luft strömte durch das Fenster ins Wageninnere, als Ackermann über Land fuhr. Auf einer Weide grasten friedlich einige Kühe. Ihr Atem zeichnete sich in Form von dicken Dampfwolken im ersten Morgenlicht ab. In der nächsten Siedlung schaute er auf windschiefe Schieferhäuschen und alte Höfe mit dickem Mauerwerk. Er fragte sich, ob die Menschen hinter diesen Mauern und den verschieferten Fassaden glücklich waren? Wachten sie mit einem Lächeln auf den Lippen auf? Gingen sie gerne ihrer täglichen Routine nach? Spürten sie Liebe und Geborgenheit, womöglich einen Sinn im Leben?

Diese Fragen machten ihn erneut traurig. Automatisch griff er zum Becherhalter. Er hatte die Thermoskanne zu Hause stehen lassen. Ackermann seufzte. Nicht einmal ein heißer Schluck Kaffee war ihm vergönnt.

In sanften Wellenformen ging es Hügel hinauf und hinunter. In anderer Stimmung konnte er die schönsten Minuten des Tages genießen. Heute – und das lag keinesfalls nur am fehlenden Kaffee – kehrten seine Gedanken zum Wochenende zurück.

Ackermanns Hoffnungen drohten zu scheitern. Einerseits verspielte seine Mannschaft wieder einmal auf der Zielgeraden nicht nur die Meisterschaft, sondern womöglich auch noch die Qualifikation für die Champions League – und das auch noch gegen die Kölner! Andererseits, und das war viel schlimmer, hatte sein Sohn im entscheidenden Training Nerven gezeigt. Seine Pässe waren unsauber, es fehlte ihm an Spritzigkeit. Er hatte abgelenkt, müde und aufgerieben gewirkt, als hätten die Belastungen der vergangenen Wochen ihn an seine Leistungsgrenze geführt. Das waren keine Voraussetzungen für eine Karriere als Profi.

Dieser André hingegen spielte geradezu entfesselt auf. Ihm gelang alles: drei Torvorlagen, ein eigener Treffer. Sie waren Ackermann wie drei Schläge in den Nacken und einem abschließenden Stich mitten ins Herz vorgekommen. Dennoch müsste Siebert, so glaubte er, die gesamte Spielzeit als Maßstab nehmen. Und da war Julius insgesamt der überzeugendere Spieler gewesen. Sicherlich, dieser André machte mit seinen quirligen Bewegungen und seinem Spielverständnis optisch viel her, aber er spielte sehr risikoreich, was Fehler provozierte.

Julius hingegen war der unauffälligere Spieler, der fleißige Arbeiter, der sich dennoch Chancen erspielte, mannschaftsdienlich agierte, weniger Risiko einging und beim Kopfballspiel sowieso alle anderen überragte. Ackermann fürchtete, dass der Jugendtrainer sich von Andrés glanzvollen Szenen genauso hatte blenden lassen wie sein Kumpel Norbert von da Silvas spektakulärem, aber ineffektivem, manchmal sogar sehr gefährlichem Spiel. „Ihr Sohn hat Talent", sagte Ackermann leise vor sich hin. „Wenn Siebert sich daran doch wenigstens ein wenig erinnert hätte."

Als hätte eine höhere Macht seine Gedanken gelesen und wollte die Autofahrt an seine Trübsal anpassen, veränderte sich abrupt das angenehme Dahingleiten, als er auf den Willy-Brandt-Ring einbog. Ein Meer aus roten

Rücklichtern erwartete ihn. Ackermann musste so harsch auf die Bremse treten, dass seine Aktentasche umkippte und sein Mittagessen, ein rötlich gelber Apfel, hervorkullerte. Er ließ das Obst liegen.

Ihn nervte jetzt anderes: Inmitten von Stau und drohender Verspätung hatte er viel Zeit zum Nachdenken. Seine Gedanken kreisten um diesen einen zentralen Bildfetzen. Es hatte beim Training zu Beginn des Testspiels diesen einen entscheidenden Moment gegeben. Julius hatte sich gut freigespielt, einen schwer zu kontrollierenden Pass mustergültig angenommen und war unbedrängt in Richtung Tor gestürmt. Anstatt den Torhüter auszuspielen oder den Ball mit viel Wucht und flach im langen Eck unterzubringen, hatte er sich für die anspruchsvollste Variante entschieden und versucht, den Keeper mit einem Lupfer aus dem Lauf heraus zu überwinden.

Trotz seiner schlaksig anmutenden Gestalt verfügte er über die Technik für einen solchen Abschluss. Dieses Mal war er kläglich gescheitert. Der Torhüter musste nicht einmal die Arme über den Kopf heben, um den auf Brusthöhe geschlenzten Ball aus der Luft zu fischen. Nach dem Training hatte Ackermann seinen Sohn nach dem Warum für diese komplizierte Variante gefragt. „Ich weiß doch, dass der Trainer so etwas mag. Ich dachte, das wäre die Chance, um an André vorbeizuziehen“, hatte der Junge enttäuscht geantwortet.

Lautes Hupen weckte Ackermann aus seinen Tagträumen. Vor ihm waren fünf wertvolle Meter Asphalt frei geworden. Grund genug für den Yuppie im weißen Kleinwagen asiatischer Machart, der dicht aufgefahren war und im Innenraum bereits wild mit den Armen fuchtelte, ein akustisches Warnsignal auszustoßen.

Ja, wenn ich jetzt nicht weiterfahre, dann wird sich vielleicht noch der Boden auftun und wir kommen hier nie wieder weg, dachte Ackermann und fuhr bewusst langsam die Lücke zu – Zentimeter für Zentimeter. Nach allem, was er in den vergangenen Tagen an Enttäuschungen erlebt hatte, konnte er solche Mitmenschen nicht gebrauchen.

Der Yuppie hing sofort wieder an seiner Stoßstange. Jeder Millimeter schien dem geschätzten Mittdreißiger kostbar zu sein. Aggressives Anstehen in einer Schlange kannte der Typ vermutlich vom Ausharren vor einem Apple-Store, um als einer der Ersten das neueste Modell zu erstehen. Wieder ging es ein kleines Stück voran, vielleicht waren es drei Wagenlängen. Wieder hupte der Yuppie. Ackermann war nicht willens, sich von diesem Kerl erziehen zu lassen und drehte das Radio auf. Statt Musik erwartete ihn das Wetter. „Feuchtwarm mit Gewittergefahr" versprach der Wettermann.

Ackermann stöhnte. Diese für die Jahreszeit ungewöhnliche Vorhersage hatte ihm gerade noch gefehlt. Sein in die Jahre gekommener VW besaß natürlich keine Klimaanlage – und wenn, wäre sie bei seinem Glück vermutlich defekt.

Bereits jetzt hatte die Luft das kritische Maß an Wärme und Feuchtigkeit überschritten. Ackermann begann langsam zu schwitzen. Mehr als 15 Jahre hatte er Zeit gehabt, sich an Anzüge zu gewöhnen und sie zu seiner zweiten Haut zu machen. Dennoch war es eine scheinbare Gesetzmäßigkeit der Natur, dass er sich bei allen Temperaturen jenseits der 20-Grad-Marke in ihnen wie in einer tragbaren Sauna fühlte.

Lautes Hupen nächster Teil. Ackermann ignorierte es. Er konnte sowieso nur einen Meter vorwärts rollen. Die Linksabbiegerampel, die zur Autobahn führte, war noch in weiter Ferne. Wahrscheinlich kollabierte die Schaltung wieder einmal, weil die Rechtsabbieger aus dem Gegenverkehr die Kreuzung zustellten, sodass auf Ackermanns Spur je Grünphase nur wenige Fahrzeuge die Ampelanlage passieren konnten.

Schweiß perlte auf Ackermanns hoher Stirn. Das Hemd war sicher schon klitschnass. Die Stauschau – aus der Ansage des Sprechers hörte Ackermann eine kalte Faszination heraus – verkündete für NRW an diesem heißen Montagmorgen 220 Kilometer Stau auf den Autobahnen. Deswegen könne der Moderator nur Verkehrsbeeinträchtigungen – Ackermann verabscheute diesen Euphemismus – ab sieben Kilometern Länge aufzählen. Natürlich betrafen sie seine Strecken. Wann waren diese Flickenteppiche aus Baustellen, die sich A1, A3 und A4 nannten, einmal nicht überlastet? Wieder hupte der Yuppie.

Ackermann dachte nicht darüber nach, was er gerade tat, sondern schaltete den Motor aus und stieß schwungvoll die Fahrertür auf. Binnen Sekunden war er ausgestiegen, ging auf den Wagen des Yuppies zu, fixierte ihn durch die Windschutzscheibe und zeigte ihm den Mittelfinger. Langsam, genüsslich und provozierend lange. Ackermann genoss es, bis der andere ihn mit einem Gesicht aus Wut und Fassungslosigkeit anstierte. Ohne jede Eile machte Ackermann kehrt und fragte sich, ob sein Vater in diesem Moment nicht sehr stolz auf ihn gewesen wäre.

Als Ackermann sich in sein Auto setzen wollte, hörte er, wie eine andere Tür aufschwang. Geistesgegenwärtig drehte er sich um und konnte einen Schritt zurückweichen, als der Yuppie auf ihn zustürzte. Es musste ein absurder Anblick gewesen sein, als der Trendsetter in der sportlichen Markenkleidung mit dem grünen Krokodil-Logo gegen den Anzug-von-der-Stange-Versicherungsvertreter kämpfen wollte. Die Wucht seines hinterhältigen Angriffs entlud sich dank Ackermanns schneller Reaktion in leerer Luft. Der Yuppie strauchelte, wedelte hilflos mit den Armen, fiel vorn über und kam ausgestreckt zum Liegen. Es folgten ein hässliches und ein unterdrücktes Stöhnen.

„Was soll das?“, schrie Ackermann den Angreifer an und warf einen Blick auf das Nummernschild: GM – XX 66. Ackermann war nicht überrascht, dass der Wagen gecleant war, der Kerl vermutlich zusammen mit seinen Freunden das Herstelleremblem an Front und Heck entfernt hatte. „Du blödes Arschloch“, schimpfte der Typ und stand langsam auf. Seine Leinenhose war an beiden Knien zerrissen, die Haut an den Händen an einigen Stellen zerfetzt. Blut tropfte aus der Nase. „Wieso fährst du nicht weiter?“ Wild begannen andere Autofahrer zu hupen.

„Was soll dein Hupen, du Depp? Es ist Montagmorgen. Wir kommen alle nicht weiter“, schimpfte Ackermann los.

„Weil alles frei war. Da kann man gefälligst fahren, bevor sich von der anderen Spur jemand reindrängelt!" Mehr brachte der Yuppie nicht raus. Der Sturz schien GM – XX 66 jede Kampfeslust genommen zu haben. Er war mit seinen Blessuren beschäftigt und drückte mit seiner linken Hand die Nasenflügel zusammen.

„Geht es wieder?", fragte Ackermann übertrieben höflich zurück.

„Und wie es geht!", brüllte der Yuppie. „Das gibt Ärger. Ich habe dein Nummernschild. Es gibt Zeugen. Ich zeige dich an. Das ist Körperverletzung. Warte nur ..." Ungelenk stakste der Kerl zu seinem Auto zurück, um vermutlich zu seinem Handy zu greifen.

Ackermann zögerte. Was sollte er machen? Eigentlich hatte er nichts Unrechtes getan. Oder war das Offenlassen einer Staulücke strafbar? Er schloss die Augen und atmete tief durch. Nein – er würde diesen Wahnsinn, der ihn umgab, heute ignorieren und einfach weiterfahren. Das wäre das Vernünftigste.

Entschlossen stieg Ackermann in seinen VW und fuhr los. Immerhin kam er fünf Meter weiter. Durch das geöffnete Fenster hörte er lautes Schimpfen. Der Fahrer von GM – XX 66 stieß mit großem rhetorischen Geschick diverse Verwünschungen aus. Ackermann – vulgär nach dem weiblichen Geschlechtsorgan umbenannt – solle gefälligst da bleiben, die Polizei käme gleich.

Dann soll er denen mal erklären, dass ich nichts gemacht habe und er sich selbst auf seinen Hosenboden verfrachtet hat. Nach zwei Ampelphasen hatten sich einige Wagen zwischen ihm und dem mit Warnblinklicht stehen gebliebenen GM – XX 66 gedrängt. Mit jedem weiteren Fahrzeug, das sich dazu gesellte, ließ Ackermann den Choleriker und die Aufregung hinter sich. Alternativ machte sich etwas breit, was ihm lieber war als ein solches Chaos: die obligatorische Stau-Ungeduld.

Nach einer knappen halben Stunde hatte er die Ampel erreicht und konnte auf die Autobahn auffahren. Weitere 179 Kilometer Autobahn, davon drei Stunden im Stau, und elf Kundenbesuche später kehrte Ackermann gegen 18.30 Uhr in die Wohnsiedlung zurück.

Hier und da kräuselten sich dünne Rauchschwaden in den diesigen Himmel empor, der Geruch saftigen Grillfleisches hing in der Luft. Auf den Gehwegen tollten die Kinder umher. Einige hatten mit Kreidestrichen Spiellinien auf den Weg gemalt und bahnten sich hüpfend einen Weg durch ein auf wenige Meter beschränktes duales Weltbild aus Himmel und Hölle. Sehnsüchtig schaute Ackermann auf die Wasserflasche. Seit einer guten Stunde war sie leer. Inzwischen bereute er es, zwischendurch nicht gehalten, sie aufgefüllt oder eine neue gekauft zu haben. Vom Wassermangel hatte er Kopfschmerzen bekommen. Und Kopfschmerzen waren denkbar ungünstige Rahmenbedingungen, um die tägliche Auseinandersetzung mit Silke zu überstehen.

Trainingseinheit

Ackermann hatte den letzten Streit mit seiner Frau immer noch nicht verdaut. Inzwischen war er zwei Tage her, lag ihm aber noch so schwer im Magen wie Winnie's Pommes mit Feuersoße. Sein Vater hätte über ihn den Kopf geschüttelt. „Wie kann man nur so ein Waschlappen sein?", hatte er seinem Sohn oft genug ins Gesicht gesagt.

Ackermann konnte dem Geschehen auf dem Spielfeld nicht folgen. Lauf- und Sprintübungen, Standardsituationen und Passtraining wechselten einander ab, ohne dass er sie überhaupt wahrnahm. Silke hatte ihm vorgeworfen, dass die Leistungen ihres Sohnes in der Schule und auf dem Platz darunter leiden würden, dass er so ein schlechter Vater sei.

Das war Blödsinn. Eine Provokation. Natürlich. Ackermann wusste es. Doch die Worte hatten ihn getroffen. Sie nagten an ihm. Stunden- und tagelang. Ackermann atmete tief ein, als ihm eine dicke Pranke auf die Schulter klopfte. Sie gehörte zu Heinz. Sein Sohn Robin spielte in der Abwehr den Abräumer.

„Mensch, Andreas, was ist dir denn wieder über die Leber gelaufen? Warum bist du so schick angezogen? Kommt der Jogi auf Talentschau vorbei?" Heinz lachte herzhaft über seinen Witz, lehnte sich direkt neben Ackermann an den Metallzaun und beugte seine massige Figur nach vorne. Sein schütteres Haar hing in das grobe Gesicht mit der dicken, geröteten Nase herab, sein Kreuz spannte sich unter der Jeansweste. Verglich man Ackermann, diese dürre, stets nur schlürfend sich bewegende Gestalt mit diesem Koloss, dann schienen sich Männerwelten zu treffen, die gar nicht zusammenpassten.

Doch dieser Eindruck täuschte. Die beiden Väter teilten neben ihrer Freundschaft auch ein gemeinsames Problem, über das sie vom ersten Training an ins Gespräch gekommen waren: Frauen. Keiner von ihnen war ein Chauvinist – oder wie Heinz sagte: „Dschowinis". Vielmehr litten sie unter ihren Frauen. Heinz trauerte seiner Bianca hinterher, die ihm zwar Robin nach der Trennung gelassen, sich dafür aber die gemeinsame Englische Bulldogge Rollo genommen hatte.

Als er das erste Mal unter Tränen davon berichtet hatte, war es Ackermann nicht schwergefallen, über seinen Hausdrachen zu schimpfen. Während er Heinz Tipps gab, um die Ex zurückzugewinnen, versuchte dieser seinem Leidensgenossen Ratschläge zu geben, wie er sich gegen Silke behaupten, sie vielleicht verlassen könnte.

„Mensch, Andreas! Wie oft habe ich dich schon so niedergeschlagen wegen dieses Weibs gesehen! Das kann doch nicht wahr sein. Feure lieber deinen Sohn an und denke nicht an die Alte, die dich anschnauzt, weil du den Müll nicht rausgebracht oder den Rasen nicht akkurat gemäht hast!", forderte ihn Heinz auf.

„Ach, das Schlimme ist, dass sie recht hat. Ich habe wirklich versagt", erwiderte Ackermann leise und sah apathisch dem Training zu. Inzwischen übten die Jugendspieler Flanken. Wo war Julius?

„Jetzt pass mal auf! Egal, was du gemacht hast, es ist passiert! Trink nachher ein oder zwei Bier, hör etwas Musik und entspann dich."

„So einfach ist das nicht. Ich bin am Montag ziemlich ausgerastet."

„Du und ausgerastet?" Heinz sprach die Worte langsam und gedehnt, als versuche er sich gerade an einer Aufzählung von komplizierten Fremdwörtern. „Was hast du denn angestellt?"

Als Ackermann schwieg, schlug Heinz sich mit der rechten Faust in die flache linke Hand. „Jetzt komm schon! Mir kannst du es doch sagen!"

„Ich habe eine Anzeige wegen Körperverletzung und noch eine weitere wegen ein oder zwei Vergehen gegen die Straßenverkehrsordnung bekommen. In vier Wochen muss ich vor Gericht erscheinen. Selbst wenn ich wegen der Köperverletzung glimpflich davonkomme, reicht es schon, wenn ich den Führerschein wegen der anderen Sachen abgeben muss. Selbst ein Monat wäre zu viel. Ich brauche meinen Job. Meine Familie ist darauf angewiesen."

„Was ist denn passiert?", fragte Heinz. Seine Augen hatten sich vor Neugier geweitet – und während Ackermann von seinem Erlebnis mit dem Yuppie erzählte, zogen sich die Mundwinkel seines Freundes Millimeter für Millimeter nach unten.

„Der Arsch kann froh sein, dass er das nicht mit mir gemacht hat. Dem hätte ich gezeigt, was Körperverletzung wirklich bedeutet", tobte er los. Ackermann konnte es sich genau vorstellen: Der riesige Heinz packt den dürren Yuppie und schüttelt ihn wie eine

Cartoon-Figur hin und her. Früher hätte er darüber laut lachen können.

Beide sahen dem Training ein paar Minuten schweigend zu, bis es Heinz unangenehm wurde. „Ich denke, es war gut, dass du endlich einmal gehandelt hast. Du wärst später noch mehr explodiert. Es ist viel besser, seinem Ärger Luft zu machen als ihn immer runterzuschlucken. Sonst sammelt er sich an und man verbittert. Das ist viel gefährlicher." Ackermann sah es ähnlich, sprach seine Gedanken aber nicht laut aus. Stattdessen sagte er lediglich: „Ich hätte an die Konsequenzen denken müssen!"

„Konsequenzen? Denk mal an die wirklich naheliegende Konsequenz, wenn du immer alles runterschluckst. Dann gehst du heute vor die Hunde! Was kümmert dich das morgen noch, wenn du heute kaputt gehst? Sieh dir André an. Der spielt gnadenlos gut. Der Trainer soll ihm schon Andeutungen gemacht haben, dass er einen Profivertrag bekommt. Ehrlich, der Junge hat es verdient. Sein komplettes Leben hat er jetzt auf das Morgen ausgerichtet. Dafür muss er sich jedes Vergnügen heute verkneifen. Das kann sich lohnen.

Aber es kann auch anders kommen. Er muss nur einen Unfall haben. Wenn ich mal den Arsch zusammenkneife, dann will ich nicht reumütig daran zurückdenken, dass ich gestern dies oder jenes hätte machen können. Ich glaube, man bereut immer nur das, was man gelassen hat." Heinz nickte nach seinen Worten, als wollte er ihnen damit noch mehr Gewicht geben. Ackermann stimmte nachdenklich in das Nicken ein. Heinz hatte in vielen Punkten recht. Er durfte nicht immer Angst vor den Konsequenzen eines abstrakten

Morgen haben. Er war jetzt unglücklich. Das musste er ändern. Aber wie? Julius hatte gegen André keine Chance mehr. Da müsste André schon ...

Als Ackermann erkannte, in welche Richtung seine Gedanken abschweiften, erschrak er. Peinlich berührt sah er zu Heinz. Hatte sein Freund ihm seine bösartigen Gedanken angesehen? Wahrscheinlich nicht. Der Hüne folgte entspannt dem Training. Inzwischen waren Dribblings dran. Andrés Paradedisziplin, bei der er Julius leider jedes Mal überlegen war. Nur wenige Minuten später lobte Siebert seinen Lieblingsschüler.

Julius forderte er hingegen auf, mehr zu tun. Ackermann ballte seine Rechte zur Faust, als er mit ansehen musste, wie sein Sohn sein Bestes gab, aber keine Chance hatte. Diese Ungerechtigkeit erzürnte ihn mehr als früher. In anderen Dingen war sein Sohn André doch meilenweit voraus! Er spielte disziplinierter, besaß die Lufthoheit, hatte mehr Qualität in der Spielsicherung und für sein Alter überdurchschnittliche technische Fähigkeiten.

Ackermann verfolgte kommentarlos die kraftvollen Bewegungen seines Sohnes, der keinen Ball verloren gab. Hatte ein Mitspieler den Ball verloren, setzte Julius uneigennützig bis zum eigenen Sechzehner nach und holte sich die Kugel zurück. Da! Julius hatte dem gegnerischen Angreifer den Ball in der eigenen Hälfte abgeluchst und sprintete mit großen Schritten Richtung Mittellinie. Ein Gegenspieler streckte das Bein aus – Julius verlud ihn geistesgegenwärtig mit einem kunstvollen Haken. „Gib ab!“, brüllte Siebert vom Spielfeldrand.

Aber wohin sollte er passen? Seine Mitspieler schlossen jetzt erst auf. Julius war alleine in des Gegners Hälfte, die offen wie ein Scheunentor stand: Nur zwei Abwehrspieler waren zurückgeblieben. Dennoch hob Julius den Kopf, sah sich um und verlangsamte sein Tempo. Von hinten liefen Mit- und Gegenspieler heran. „Halt den Ball nicht so lange, das bringt nichts. Leg quer nach hinten ab! Spielverlagerung!“

Warum tobte dieser Siebert bloß so? Der Typ hatte doch gar keine Ahnung. Ackermann malte sich eine ganz andere Szene aus. Ganz deutlich sah er seinen Julius auf dem Rasen der BayArena nach vorne stürmen, völlig losgelöst von der abstrusen Meinung eines Möchtegern-Trainers. Die Fans springen auf, schreien los, jubeln ihm zu, sehnen sich nach der Entscheidung.

Julius erfüllt ihnen den Wunsch, lässt die verbliebenen Abwehrspieler mit geschickten Haken stehen und rennt frei auf den Schlussmann zu. Dieses Mal versucht er kein unnötiges Kunststück, sondern zimmert den Ball mit einem trockenen Schuss unhaltbar ins lange Eck. Die Fans liegen sich in den Armen, schreien seinen Namen. Julius deutet auf sein Trikot, auf die Nummer elf.

Plötzlich verblasst dieser Traum. Sieberts Schreie – er solle doch abspielen, endlich den Ball abspielen – gellen über den Platz. Andere Bilder treten vor Ackermanns Augen. Die stolze, aufrechte Gestalt seines Sohnes schrumpft zusammen und geht weit nach vorne gebeugt. Inzwischen trägt Julius nicht mehr das Trikot, sondern einen Anzug, ganz ähnlich dem, den sein Vater trägt – von der Stange, charakterlos, wie es sich für eine

Büro-Uniform gehört. Die BayArena löst sich auf. Mit Donnergrollen wachsen aus dem Boden graue Betonriesen, schmucklose Wolkenkratzer empor. Julius versucht zu fliehen, ist aber in diesem Labyrinth gefangen. Plötzlich schnellt ein Bürostuhl aus dem Untergrund hervor. Riemen winden sich wie Tentakeln aus seinen schwarzen Armpolstern und krallen sich an Julius fest. Er sitzt in der Falle.

„Scheiße!", keift Siebert.

Julius saß auch in der realen Welt in der Falle. Er hatte zu lange zwischen den Optionen geschwankt und weder den Vorstoß hin zum gegnerischen Tor noch das Abspiel gewählt. Nun war er eingekreist von drei Gegenspielern, die ihn immer weiter in Richtung Seitenaus drängten. Robin kam von hinten herangeeilt, um seinen Mitspieler zu unterstützen.

Es war zu spät. Julius spielte den Ball, ein gegnerischer Spieler war schneller, streckte das Bein aus und blockierte den Pass. Der Ball prallte ab, beschrieb eine hohe Parabel und fiel André wie reifes Obst vor die Füße. „Los, los, die Abwehr ist unsortiert!", rief Siebert. Sein Lieblingsspieler reagierte sofort. Julius winkte resigniert ab, als André sich geschickt einen Weg durch die Abwehr bahnte und als krönenden Abschluss den Torhüter tunnelte.

Sieberts Vorwürfe, die aufgerückten Spieler hätten mit zurück in die Abwehr laufen müssen, ignorierte Ackermann. Er kannte das Problem sehr gut. Es gibt Menschen, die wollen dich so lange ihrem angeblich besseren Wissen unterwerfen, bis deine eigenen Qualitäten auf der Strecke bleiben. Wäre Julius einfach nach vorne gestürmt, hätte er diese Bude bestimmt gemacht. *Warum muss er so ein Pech haben und diesem Siebert-André-Gespann ausgeliefert sein?* Vielleicht hatte Heinz tatsächlich recht, dass man im Leben äußeren Umständen ausgeliefert ist, gegen die man nichts unternehmen kann – gerade, wenn man fair spielt.

Doch die Zeit für Fairplay war ab sofort vorbei. All diese Sieberts, Yuppies und Silkes würden den heute frustrierten, unterdrückten Ackermann in naher Zukunft von einer anderen Seite kennenlernen.

Vorbereitungsphase

Es war mitten in der Nacht von Mittwoch auf Donnerstag. Ackermann hatte es geschafft, sich unbemerkt aus dem Schlafzimmer in die Küche zu schleichen. Nun hing er in der schummrigen Beleuchtung der Dunstabzugshaube über drei Notizzetteln. Auf ihnen stand sein gesamter Plan, Schritt für Schritt. Er wusste genau, dass es hier und da kritische Punkte gab, bei denen alles scheitern konnte. Doch was sollte er machen? Um Julius sein eigenes Schicksal zu ersparen, hatte er keine andere Wahl. Er musste etwas unternehmen, obwohl sein Plan viel Risiko und etwas Wahnsinniges in sich barg. Die Unwägbarkeiten hatte er natürlich bedacht, was ihm nicht schwergefallen war, weil ihm Risiko-Analyse und -Bewertung beruflich vertraut waren. Das Wahnsinnige aber hatte er schlicht ignoriert.

Eines war ihm bewusst. Sollte alles aus dem Ruder laufen, so würden auch Julius und Silke, um die es aber nicht schade wäre, die Leidtragenden sein. Sie wären chancenlos. Was konnten sie dafür, dass sie einen übergeschnappten Vater beziehungsweise Ehemann hatten, der Kollateralschäden selbst bei einem optimalen Verlauf für unvermeidlich hielt?

Ackermann seufzte und rieb sich die pochende Schläfe. In nicht einmal einer Woche, wenn das übernächste Training am Sonntag stattfände, würde sich alles entscheiden. Doch bis dahin galt es viele Vorbereitungen zu treffen. Gleich morgen müsste er zum

Baumarkt fahren und sich mit Kalle nach der Arbeit treffen. Bereits dann, so fürchtete er, könnte sein Plan wie ein Kartenhaus in sich zusammenfallen. Er ignorierte diese Sorgen, faltete die Notizzettel mit akribischer Sorgfalt, verstaute sie in einem Briefumschlag und drückte ihn fest an seine Brust. Dann schaltete er das schwache Licht der Dunstabzugshaube aus und schlich wie ein Gespenst durch die dunkle Wohnung zu Silke ins Schlafzimmer zurück.

„Ich kann nicht, versteh das doch. Wieso können wir uns nicht einfach morgen treffen? Dann wäre immerhin Wochenende?“, fragte Kalle am anderen Ende der Handy-Verbindung. Im Hintergrund war ein Traktor zu hören. Sein Freund war bei einem Kunden und steckte wohl „bis zu den Ellbogen im Mist“. Wie Kalle manchmal betonte, sei das bei einem Landtierarzt leider zeitweise wörtlich zu nehmen.

Ackermann zögerte mit seiner Antwort und ließ den Blick über den leeren Parkplatz an der Bundesstraße gleiten. Er machte Mittagspause. Eine kalte Brise pfiff durch seinen Anzug und ließ ihn noch heftiger zittern. „Mensch, versteh doch, es ist mir wichtig“, sagte er. Seine Stimme klang brüchig und müde. Als Kalle weiter schwieg, setzte Ackermann alles auf eine Karte. „Ich werde mir was antun, Kalle!“

Kalle begann augenblicklich einen wilden Mischmasch aus Phrasen durch die Leitung zu murmeln: Das-tut-mir-leid-Kopf-hoch-wird-schon-wieder-und-ich-höre-gerne-zu! Das glaube ich nicht, dachte Ackermann, der sich aber freute, dass die erste schwere Hürde gemeistert war.

„Danke, das hilft mir sehr", sagte er und fragte noch einmal nach, ob es wirklich direkt nach der Arbeit möglich sei, sich im Steilpass zu treffen. „Natürlich. Ich komme sofort, wenn ich mit den letzten Patienten durch bin. Bis 19 Uhr bin ich bestimmt fertig. Ich beeile mich!", versprach Kalle. „Mach bis dahin bitte keine Dummheiten!"

Ackermann lächelte. Wenn es doch nur Dummheiten wären, um die es ging. „Nein, mache ich nicht. Mach dir keine Sorgen. Es hilft mir schon, dass du mir zuhören willst. Jetzt muss ich aber weiter. Ich habe noch Kunden."

Die beiden Freunde verabschiedeten sich und Ackermann ging um seinen Wagen herum. Dabei sah er, dass eine der Plastikfolien, die er gestern im Baumarkt gekauft hatte, ein Stück aus dem Kofferraum heraushing. Er öffnete ihn und schob das widerspenstige Ende hinein. Als es sich wieder wellte, klemmte er es unter den Werkzeugen fest. Dann nahm er die Gummistiefel heraus, schloss die Klappe und ging zur geöffneten Fahrertür. Dort wechselte er die Schuhe, während er über die Freisprechanlage bei Familie Rehbein und danach bei Kunze anrief.

Bei beiden entschuldigte er sich. Der Verkehr sei wie verhext. Er käme später zu den Terminen oder könne auch neue Termine mit ihnen für die nächste Woche vereinbaren. Zum Glück nahmen beide Kunden sein Angebot an. Nachdem das alles erledigt war, lenkte er den altersschwachen VW vom Parkplatz und steuerte die Auffahrt der A1 an, um dort Richtung Norden zu fahren, bis er bei Burscheid abfuhr.

Er hatte etwa zwei Stunden Zeit gewonnen, dann sollte er laut Kalender bei einem Kunden in Köln sein. Er musste sich sputen. Die Handschuhe lagen bereits auf dem Beifahrersitz. Während er sie betrachtete und die Gummistiefel an seinen Füßen spürte, in denen sich trotz der Kühle langsam ein Schweißfilm sammelte und seine Socken durchnässte, fragte sich Ackermann, ob er seinen Plan wirklich ausführen könnte.

Alles kam ihm irreal vor. Es war ein trockener, an sich schöner, aber wieder bitterkalter Donnerstag im März. Das Licht zauberte ein buntes Schattenspiel auf die bewaldeten Hänge rechts der Fahrbahn. Bald schon würden die ersten Blüten und kurz darauf dichtes Blattwerk die Äste schmücken. Er empfand nichts, als er die Abfahrt ansteuerte.

Der ölige Geschmack lag noch auf Ackermanns Zunge, als Kalle den *Steilpass* betrat. Er vermutete seinen Freund wohl an ihrem Stammplatz, direkt in der Nähe des Eingangs, auf einem kleinen Podest, auf dem zwei Tische für je vier Personen standen. Ackermann hatte sich ganz bewusst gegen den Tisch entschieden und sich möglichst weit hinten niedergelassen.

Die Kneipe hatte einen Grundriss, der an ein F erinnerte. Der zweite Knick nach rechts führte an ein paar Tischen vorbei zu einem Hinterhof. Dieser wurde im Sommer als Biergarten und das ganze Jahr über von den Rauchern genutzt, die – wie jetzt Ackermann – in diesem Bereich Platz genommen hatten. Der erste Abzweig hingegen führte nach zwei Metern eine breite Treppe hinunter, die scherzhaft als Alkoholtest bezeichnet wurde. Über den Abgang, den irgendwann jeder nutzen musste, gelangte man zu den Toiletten.

Bevor Kalle ihn sehen konnte, zog Ackermann, der um die Ecke gelugt hatte, den Kopf zurück. So früh war die Kneipe beinahe komplett leer. Nur am Tresen saßen bereits einige Kunden und stierten wortlos auf ihre Kölsch-Gläser. Ackermann hörte, wie Timo, der heute hinterm Tresen stand, von Kalle gefragt wurde, ob er Andreas gesehen habe. Timo bejahte und ergänzte, sein Kumpel wäre heute wohl nicht gut drauf. Er hätte furchtbar ausgesehen und säße hinten an einem der Tische. Laute Schritte eilten Kalle voraus, bis er um die Ecke bog. Tatsächlich war er geradewegs von der Arbeit gekommen. Seine grünen Gummistiefel waren so mit Jauche besprenkelt, dass die eigentliche Farbe unter der dicken Schicht nur hier und da hervorschimmerte.

Kalles schütteres Haar, das eindeutig wieder einen Friseur sehen wollte, zog sich in abstrusen Wirbeln über den aschfahlen Schädel, als er mit großen, unbeholfenen Schritten Ackermann von Weitem zuwinkte. „Ich habe mich wirklich beeilt“, sagte er zur Begrüßung, wobei er seinem Freund sorgenvoll in die Augen blickte.

Ich muss so furchtbar aussehen, wie ich mich fühle, dachte Ackermann und rang sich ein gequältes Lächeln ab. Seit Wochen schlief er noch schlechter als in den Monaten davor.

„Ich freue mich, dass du so spontan Zeit für mich hattest“, entgegnete Ackermann leise, während Kalle sich auf einem Stuhl mit Blickrichtung Wand niederließ.

Ausgezeichnet, dachte Ackermann, der schon die nächsten Schritte plante. Er nahm einen Schluck aus dem Kölsch-Glas, das er seit einer guten halben Stunde mit kleinsten Schlückchen und unter den strengen Blicken der Bedienung leerte. Dieses Mal nahm er einen vollen Zug.

„Meinst du, das Trinken hilft dir wirklich weiter?", fragte Kalle und überlegte einen Moment, bevor er fortfuhr. „Also in deinem Zustand?"

„Ich denke nicht, dass es mir noch schlechter gehen kann. Was soll da ein Bierchen schaden?", fragte Ackermann zurück und bestellte für sich und Kalle jeweils ein Bier, als er die Kellnerin erspähte.

„Ich habe mal gehört, Alkohol verstärkt alle Gefühle, positive wie negative", erklärte Kalle.

„Das ist gut. Ich fühle nämlich nichts. Ich bin nicht einmal traurig. Es kommt mir, wenn ich ehrlich bin, einfach so vor, als gäbe es keinen Sinn. Jeder Tag gleicht dem anderen. Die Zeit, die mir geschenkt wurde, verschwende ich. Verdammt noch mal, ich verkaufe Versicherungen! Was soll das für einen Sinn haben?" Ackermanns Stimme klang monoton.

„Ach komm, du hast deine Familie, die du versorgen musst. Das ist doch Sinn genug! Das ist doch der Sinn, den wir im Leben haben. Es sind unsere Kinder. Denk doch mal an Julius", erwiderte Kalle, der gleich dreifacher Vater war. „Wir sorgen dafür, dass es unseren Kindern gut geht. Vielleicht geht es ihnen eines Tages sogar noch besser als uns heute. "

Darum bin ich heute Abend hier und habe dich hergelockt, dachte Ackermann.

„Das stimmt schon. Aber was glaubst du denn, warum ich unbedingt reden wollte? Nicht einmal Julius gibt mir im Moment Halt. Mir erscheint alles nur noch sinnlos. Mit Julius oder meiner Frau kann ich darüber nicht reden. Ich will meinen Sohn nicht belasten und Silke ..." Ackermann machte eine Pause und sprach leise weiter: „Sie würde mich nur weiter anschnauzen und mir sagen, ich solle mich gefälligst nicht so anstellen!"

Sie schwiegen einen Moment, als ihre Getränke kamen. Nach einem stillen Nicken waren die Gläser schon halb geleert. „Es kommt mir manchmal so vor, als würde ich nur Sandburgen auftürmen, die bereits im nächsten Moment von der Flut davongerissen werden könnten", klagte Ackermann. Seine Zunge klang schwer, aber er war vollkommen klar. Er orderte noch eine Runde.

Zwischen Lügen und Ausflüchten, warum er nur mit Kalle über seine trüben Gedanken reden konnte – Heinz sei zu grob, Norbert zu hochnäsig und viel zu besserwisserisch – leerten die beiden weitere drei Biere. Zufrieden registrierte Ackermann, dass Kalle allmählich zu lallen begann. Auch bei ihm verfehlte der Alkohol nicht seine Wirkung, trotz der Ölschicht, die seinen Magen auskleidete.

Immerhin hat es etwas gebracht, das Öl zu trinken, freute sich Ackermann und versuchte sich zu erinnern, wieso sein Chemielehrer in der Mittelstufe einmal den Tipp gegeben hatte, man solle ölhaltiges Essen zu sich nehmen oder besser direkt Öl trinken, damit die Magenschleimhaut den Alkohol nur langsam aufnehmen kann.

„Isch muss mal aufs Klo“, sagte er und erhob sich schauspielerisch mit schwankenden Beinen. Kalle, der schon vernebelt genug war, fiel der Mummenschanz nicht weiter auf. *Jetzt oder nie*, nahm sich Ackermann vor. Keine Sekunde später kippte er mit wild wedelnden Armen nach vorne und landete auf Kalle, der laut aufstöhnte. Mühsam richtete Kalle seinen Freund wieder auf, der ihm dabei allerdings nicht half, sondern sich vielmehr extra schwer machte und mit den Armen um sich schlug, scheinbar auf der Suche nach festem Halt.

„Na, geht doch“, lallte Ackermann, als er wieder stand. „Kannst du wirklich alleine aufs Klo?“, fragte Kalle. „Natürlich. Gib mir ’nen Moment. Wenn ich in fünf Minuten nicht wieder da bin, kommst du einfach nachsehen, ob alles jut ist, okay?“ Ackermann wartete das Ja seines Freundes nicht ab, sondern wankte los.

Kaum war er um die Ecke gebogen, gab er den Torkel-Schritt auf und ging zielstrebig auf die Toilette zu. Seine Rechte wanderte hinab in die Hosentasche. Er spürte das kühle Metall des Schlüsselbundes, das er Kalle während des gespielten Sturzes aus der Jackentasche gezogen hatte.

Ackermann wusste, dass viele Teile seines Plans auf Wahrscheinlichkeit oder, wie weniger rational denkende Menschen es nennen würden, Glück beruhten. Dass er die Schlüssel so leicht hatte entwenden können, gab ihm etwas Zuversicht. Mit kleinen, schnellen Schritten eilte er die Treppe zu den Herrentoiletten hinab und öffnete mit einem Ruck die Tür. Niemand war zu sehen. Vorsichtshalber schaute er in gebückter Haltung ins Innere der Kabinen. Zum Glück waren alle unbesetzt. Erleichtert durchschritt er den schmalen, auffällig langen Raum.

In der rückwärtigen Wand war in etwa 1,60 Metern Höhe ein Fenster eingelassen, das zwar schmal war, aber Ackermann genug Platz bieten sollte, um sich durchzuzwängen. Er nahm den leeren Papierkorb, der neben den Waschbecken stand, als Tritt und stieg nach oben. Er schwankte etwas. *Das muss die Aufregung sein*, dachte Ackermann. Sein Herzpochen empfand er wie grobe Schläge gegen die Innenseite seines Brustkorbes. Mit zittrigen Händen öffnete er das Fenster und holte tief Luft. Mit einem Ruck stieß er sich ab und gelangte sofort bis zum Bauchnabel aus dem Fenster. Seine kräftigen Beine strampelten und fanden an der gekachelten Wand kaum Halt. *Nur nicht aufgeben, alter Knabe. Weiter! Immer weiter!* Nach einem zweiten Ruck hatte er es ins Freie geschafft, kniete einen Moment leise stöhnend auf dem Boden und stand auf. Auf diese Leistung konnte er stolz sein.

Wie geplant hatte ihn der ungewöhnliche Ausgang direkt auf den Parkplatz vor der Kneipe geführt. Vorsichtig sah er sich um. Nur fünf Wagen hatten auf dem Hof geparkt. Kalles Sprinter erhob sich zwischen den Kleinwagen wie ein Koloss. Weit und breit war niemand zu sehen. Zielstrebig ging Ackermann auf das Gefährt zu, holte im Gehen seine dünnen Lederhandschuhe hervor, streifte sie über und zog den Autoschlüssel aus seiner Hosentasche.

Jetzt musste es schnell gehen. Als er das Auto auf Knopfdruck entriegelte, leuchteten die Lampen kurz auf und die Schlösser klackten laut. Er zuckte zusammen. Sein Herz raste, Schweißperlen tropften in beide Augen und rannen den Rücken hinab, als Ackermann auf der Fahrerseite ins Auto stieg.

Auf dem Beifahrersitz stand Kalles große Arzttasche aus abgewetztem Leder. Auch sie war mit einem Mosaik aus Schlamm besprenkelt. Es musste dieselbe sein, die Ackermann schon vor fast zehn Jahren bei seinem Freund gesehen hatte.

Hektisch öffnete er sie und war schockiert. Anstatt alle Medikamente sortiert vorzufinden, egal, ob Tabletten in Schachteln oder Ampullen flüssiger Arzneimittel, herrschte im Inneren der Tasche das reinste Chaos. *Was ist, wenn es nur mir chaotisch vorkommt, aber Kalle sehr gut einschätzen kann, was in diesem scheinbar wirren Knäuel an welcher Stelle zu liegen hat?* Ackermann musste nicht lange überlegen: *Dann hast du deine erste Spur hinterlassen*. Schnell ignorierte er seine Sorge – dieses Chaos konnte niemand überblicken. Hastig wühlte er in der Medikamentensammlung nach dem Präparat, das er brauchte. Und wurde schnell fündig. Es waren gleich zwei Fläschchen Pentobarbital, die Kalle in der Tasche lose aufbewahrte. Ackermann hatte im Internet genau recherchiert. Das Mittel wird für Tiere zum Einschläfern genutzt und dient Menschen als Beruhigungs- und Schlafmittel. Welche Wirkung es entfalten kann, bewies die unrühmliche Phase in den USA, als das Mittel ersatzweise zur Vollstreckung von Hinrichtungen genutzt wurde.

Mein Glück, dass er so ein Schlunz ist, freute sich Ackermann und stellte zufrieden fest, dass eine Phiole nicht mehr ganz voll war. Es würde Kalle sicherlich nicht auffallen, wenn noch mehr fehlen würde. Vorsichtig drehte er den Verschluss auf. Im dritten Anlauf klappte es. Er hatte die erste Spritze in die Flüssigkeit geführt, um sie aufzufüllen. Der nächste Versuch klappte schon besser. Als alle drei Spritzen gefüllt waren, verstaute er sie vorsichtig in seiner inneren Jackentasche, schloss die Arzttasche, stellte sie wieder an ihren Ort, verriegelte das Auto und verließ den Hinterhof.

Bevor Ackermann zurück in die Kneipe ging, achtete er darauf, dass er Timo nicht direkt in die Arme laufen würde und drückte sich möglichst unauffällig am Schankraum vorbei.

Dass Kalle nicht mehr hinten am Tisch saß, war ein Teil des Plans von Ackermann. Schließlich hatte er dem Gelegenheitsraucher mit der Bitte, nicht vor Ablauf von fünf Minuten nach ihm zu sehen, eine Steilvorlage gegeben, sich im Hinterhof eine Zigarette anzuzünden. Zu Ackermanns Glück hatte Kalle seine Jacke über dem Stuhl hängen lassen. So konnte er dessen Autoschlüssel wieder in die rechte Tasche stecken, gerade noch rechtzeitig, bevor Kalle wieder an den Tisch zurückkam.

„Du siehst ja schrecklich aus. Ganz verschwitzt, bleich und panisch. Was ist mit dir?“

Ackermann wischte sich langsam über die Stirn und blickte auf die schweißnasse Handfläche. *Wenn du wüsstest, was ich gemacht habe, würdest du es verstehen.* „Ich habe wohl zu viel zu schnell getrunken, aber jetzt geht es schon wieder etwas besser“, sagte er stattdessen.

„Macht nichts, alter Junge. Ich denke, du brauchst jetzt eine Mütze Schlaf“, schlug Kalle vor und zog sich seine Jacke an. „Da ist ja auch mein Autoschlüssel. Ich dachte schon, ich hätte ihn auf dem Tisch liegen gelassen, als ich eine rauchen ging. Das wäre ja schon etwas leichtsinnig gewesen ...“

Ackermann stimmte lallend zu und dachte sich: *Ja, jemand hätte deine Medikamente klauen können.*

Strafrunde

Mit jedem Meter und jeder Minute spürte Julius, dass seine Füße und der Rasen miteinander verschmolzen. Seine anfangs brennenden Waden fühlte er fast gar nicht mehr. Es kam ihm vor, als würde er schwerelos dahingleiten. Das leichte Brennen im Hals und der bittere Geschmack auf der Zunge waren verflogen. Außer ihm drehten fünf weitere Mannschaftskameraden einige „Ehrenrunden“ nach dem Training. Die Sonne war bereits hinter den Baumwipfeln verschwunden, das Flutlicht eingeschaltet. Sein Schatten folgte Julius beharrlich auf seiner Kreisbahn.

Die Stimmung des Jungen war arg getrübt. Es war nicht die Schmach, dass er zehn Strafrunden nach dem Training laufen sollte, sondern das Lob, das André erhalten hatte. Sicherlich, er hatte das Gespräch zwischen seinem Konkurrenten und dem Trainer nicht hören können, aber ihre lächelnden Gesichtsausdrücke hatten alles gesagt. André würde den Vertrag bekommen, da war sich Julius sicher.

Der Junge fragte sich, ob er wirklich zu schlecht sei – und er und sein Vater sich all die Jahre etwas vorgemacht hatten. Konnte es sein, dass diese harte Arbeit in einem Nachmittagstraining mit zusätzlichen Laufeinheiten endete, obwohl er morgen noch eine Klausur schreiben musste und dafür eigentlich lernen sollte?

Julius fühlte sich wie im falschen Film. Er hatte doch in diesem Training eine gute Leistung erbracht, zumindest eine bessere als im vorletzten, als er mit seinem Lupfer kläglich gescheitert war. Aber natürlich hatte er diesen Firlefanz nur versucht, weil Bernd so etwas mochte. Er hatte seinen Trainer in André-Manier beeindrucken und von seinen Qualitäten überzeugen wollen. Das hatte er auch seinem Vater versucht zu erklären.

Doch was half es? Es war ein Fehler gewesen, das wusste er heute. Heute hatte er es besser machen wollen und sich immer für die sichere Variante entschieden. Es war umsonst gewesen. Bernd war nicht zufrieden.

„Ich habe das Gefühl, du hast das heute nicht ernst genommen. Auch letztes Mal hast du dich nicht richtig angestrengt und reingekniet. Am besten läufst du zusammen mit den anderen noch zehn Runden, dann bekommst du deinen Kopf frei!“, hatte der Trainer laut geschimpft. Julius würde diese Vorwürfe so schnell nicht vergessen. Hatte der Trainer sie wirklich ernst gemeint? Hatte Bernd sich nicht denken können, was ihn belastete und hemmte?

Julius, der inzwischen auf der Gegengeraden angekommen war, schloss zu Daniel auf, der leichtfertig einen gegnerischen Konter verursacht hatte. „Ich hasse diese Strafrunden. Der kleinste Fehler wird von diesem Schleifer bestraft“, keuchte der Abwehrspieler, während er sich weiter vorwärtsquälte. Julius verlangsamte sein Tempo. Mit seiner enormen Schrittweite hatte er wenig Mühe, sich an die Geschwindigkeit des gedrungenen Verteidigers anzupassen. „Na ja, das gilt ja nicht für uns alle“, erwiderte Julius und dachte sofort an André. Wenn dem ein Fehler unterlief, hatte Bernd in aller Regel eine

Entschuldigung parat. Konsequenzen musste der Junge jedenfalls nie fürchten. Manchmal ertappte sich Julius, dass er André dafür verwünschte.

„Bist du manchmal nicht auch stinksauer, dass André von Bernd immer in Schutz genommen wird, auch wenn er Mist gebaut hat?", fragte er seinen rund anderthalb Köpfe kleineren Mitspieler.

Auf dem feuerroten Gesicht erschien ein breites Lächeln. „Hier wird doch niemand bevorzugt, Julius. Ich bitte dich!"

„Ich meine es ernst, Daniel. Ich finde es furchtbar ungerecht."

„Wir können aber nichts dagegen machen, außer uns selbst mehr anstrengen. Das ist wie mit diesem da Silva. Die Fans mit Fußballsachverstand halten auch nichts von ihm, aber der Verein hat den trotzdem gekauft. Im Fernsehen ist es einfach besser zu vermarkten, wenn man solche Clowns in der Mannschaft hat, die mit ihren Tricksereien was fürs Auge bieten."

„Das Schlimme ist, dass André in der Regel auch alles so leicht gelingt. Ich ertappe mich manchmal, dass ich deswegen wirklich ..."

„... dass du deswegen richtig sauer bist?"

Daniel musterte Julius intensiv, während der Schweiß in langen Bahnen an seinem Gesicht herabfloss. Julius setzte zu einer Antwort an, aber brachte sie nicht mehr heraus.

Die beiden Jungs hatten wieder die Hauptgerade erreicht und liefen auf Höhe der Umkleidekabine entlang. Die ersten Mitspieler machten sich frisch geduscht auf den Weg nach Hause und winkten noch einmal kurz. Dazu gehörte auch André, der mit breitem Grinsen „einen schönen Abend“ wünschte und sich gut gelaunt auf sein Fahrrad schwang.

Mit verschränkten Armen und stoischer Miene stand Siebert am Spielfeldrand und beobachtete die beiden Spieler, die sich ihm näherten. „Er hat wieder diesen furchtbaren Blick aufgesetzt, der an einen Schlägertypen erinnert“, zischte Daniel. Julius nickte zustimmend.

Als die beiden auf gleicher Höhe mit Siebert waren, ging das Gepolter los. „Hey Ladys, reden könnt ihr später. Ich habe zwar gesagt, ihr könnt die Runden locker laufen, aber von einer Bergischen Kaffeetafel mit einem kleinen Plausch war nicht die Rede. Also, hopp, hopp!“ Daniel wollte gerade Widerworte erheben, als Siebert weiter schimpfte.

Julius stieß den Mitspieler grob in die Rippen. „Lass es gut sein“, empfahl er Daniel und beschleunigte seine Schritte. „Ja, so ist besser. Nicht reden, sondern laufen und den Kopf frei bekommen!“, rief Siebert ihnen hinterher.

Manchmal fragte sich Julius, warum ausgerechnet Bernd so streng sein musste. Der Werdegang des Jugendtrainers, der nun Ende vierzig sein müsste, war alles andere als rühmlich. Seine Karriere als aktiver Spieler war mit seinem Alkoholproblem regelrecht abgesoffen, wie sein Vater sagen würde. Nach einem längeren Entzug folgte jedoch ganz unvermittelt die Rückkehr in den Verein als Jugendtrainer – natürlich erst in wenig verantwortungsvoller Position.

„Wäre er doch dort geblieben“, flüsterte Julius, den Blick auf seine Füße gerichtet, die unaufhörlich einen langen Schritt vor den anderen taten.
Sechs Runden hatte er bereits geschafft. Bald konnte er auch unter die Dusche gehen. Er überlegte, ob er darauf verzichten und heute zu Hause duschen sollte. Seinen Vater, der ihn immer abholte, wollte er nicht länger warten lassen. Die letzten Tage mussten für ihn hart gewesen sein. Manchmal machte sich Julius Vorwürfe, weil er nicht gut genug war. Er wusste, es war der große Traum seines Vaters, ihn unter Vertrag zu bekommen. Es bedeutete ihm sehr viel, wenn nicht sogar alles.

Doch vielleicht hatte Bernd auch einfach recht und er war wirklich zu schlaksig für einen Profifußballer. Er wusste nur allzu gut, wie es aussah, wenn Spieler mit ähnlicher Statur versuchten, ein Dribbling anzusetzen. Vielleicht hätte er gegen den Rat früherer Trainer in die Abwehr wechseln sollen? Dort gehörten so lange Gestalten wie er hin.

Wieder hatte Julius eine Runde absolviert und näherte sich Bernd, der noch immer in gleicher Pose ausharrte und seine Spieler bei den Strafrunden musterte. Auf seinem Gesicht lag ein überraschend mildes Lächeln. „So ist es schon viel besser. Du hast es gleich geschafft, Junge. Ich wette, du wirst dich danach besser fühlen“, rief er Julius zu, als dieser vorbeilief. Der Junge nickte nur kurz.

Vielleicht waren seine Vorwürfe schlichtweg falsch und Siebert war eigentlich nicht das Problem. Er versuchte ja alles, damit seine Spieler besser würden. Schließlich hatte er viel in seinem Leben an Erfahrungen gesammelt, gute wie auch schlechte. Vielleicht sollte er sich einfach mehr auf das Konzept des Trainers einlassen? Immerhin hatte Bernd zumindest recht, was die Wirkung der zusätzlichen Laufeinheit anging. Julius ließ die negativen Gedanken langsam hinter sich. Mit jeder Runde war er zwar erschöpfter, aber fühlte sich gleichzeitig auch leichter und befreiter. Er ballte die Hände zu Fäusten. Nein, heute würde er den Kopf nicht hängen lassen und mit einem guten Gefühl nach Hause gehen. Er spielte Fußball, weil er den Sport liebte und nicht wegen eines Vertrags.

Foulspiel

Könnte es überhaupt einen besseren Tag geben? Es war schwer vorstellbar. André war mit sich und der Welt so zufrieden wie vielleicht noch nie zuvor. Fast jeder Pass hatte den Weg zu einem Mitspieler gefunden, er hatte zwei Buden gemacht und – das war wohl das Wichtigste – Bernd hatte ihm in Anschluss recht deutlich gesagt, dass er auf einen richtigen Vertrag hoffen könnte. Es war kein Geheimnis, dass der Jugendtrainer sehr genau wusste, wer Chancen hatte, in das Profigeschäft einzusteigen.

Obwohl der 17-Jährige sich komplett verausgabt hatte, fühlte er sich frisch im Kopf und angenehm erschöpft. Zufrieden fuhr er den Feldweg entlang, der vom Sportzentrum Rheindorf nach Norden zu den Schienen und von dort rechter Hand zu einem Steg führte, der sich über die Wupper spannte. So früh im Jahr wurde es immer noch rasch dunkel. Wo an hellen Tagen Sterne und Mond wenigstens etwas Licht spendeten, hingen heute tiefe Wolken über der Landschaft. Das Gewässer, das rechts neben ihm dahinfloss, schien eine einzige pechschwarz Masse zu sein.

André freute sich auf zu Hause. Er würde seinen Eltern erzählen, was Bernd ihm gesagt hatte, und er würde es Sarah erzählen. Sollte sie ihn ruhig für einen Angeber halten! Es waren so gute Nachrichten, dass er sie nicht für sich behalten konnte. Auf diesen Tag hatte er inzwischen fast elf Jahre hingearbeitet. Wie oft hatte er sich gefragt, ob es Sinn machte, am Fußball festzuhalten, wenn ihn seine Trainer zusammengestaucht hatten, weil er nicht schnell genug gelaufen war oder einen Ball unnötig verloren hatte. Oft genug hatte er ihr Gemecker ertragen – und oft genug im strömenden Regen, wenn sein Trikot an ihm wie eine unbequeme zweite Haut klebte. Wann würden sich die Mühe, die Entbehrungen und das harte Training auszahlen? Er hoffte schon bald. Sehr bald.

Seine Hoffnung hatte viel mit Bernd zu tun. Vor etwa zwei Jahren hatte sich das Verhältnis zu seinem Trainer total verändert. Wenn André mal einen Ball zu lange hielt oder sich mit einem Dribbling festlief, hagelte es fortan keine hämischen Worte mehr, sondern es gab ein lautstarkes Lob für das eingegangene Risiko. Er solle nur weiter sein Ding machen und an sich arbeiten, hatte Bernd regelmäßig gefordert. Es schlummere Großes in seinem Fuß. Der Trainer schien etwas in dem Jungen gesehen zu haben, für das seine Kollegen zuvor blind gewesen waren.

Nachdem André nicht mehr andauernder Kritik wegen seiner Spielweise ausgesetzt war, blühte er regelrecht auf. Seine Kunststückchen gelangen auf einmal und auch seine Mitspieler nahmen ihn ganz anders wahr. Manchmal reichte es schon, dass er ein Dribbling nur andeutete, um zwei, drei Gegenspieler zu binden, sodass genug Räume für einen guten Steilpass entstanden. Selbstverständlich triezte Bernd auch ihn – manchmal sogar so lange, bis seine Eltern es nicht mehr länger mit ansehen konnten.

Ihr Sohn habe auch ein Recht darauf, ein normaler Jugendlicher zu sein und solle seine wenige Freizeit nicht damit verbringen, noch zusätzliche Trainingseinheiten einzulegen, warfen sie dem Trainer vor. Sie verstanden die Quälerei ihres Sohnes nicht, obwohl sie selbst leidenschaftlich gerne und oft Tennis spielten. Sein Ehrgeiz war von niemandem zu bremsen. Fußball war inzwischen sein Leben und Bernd tat alles, um ihn zu noch besserer Leistung anzutreiben. Jetzt sollte es sich endlich auszahlen: doppelt und dreifach.

André war unfassbar gespannt, was sie alle sagen würden. Ein wenig freute er sich nach dem harten Training sogar darauf, etwas für die LK-Klausur in Geschichte zu lernen, auch wenn ihn der Stoff nur wenig interessierte. Er strotzte vor Energie. Nächste Woche war es so weit und die Abiturprüfungen sollten beginnen. Hatten seine Eltern vielleicht recht und er hatte nicht genug gelernt? Quatsch! Was sollte im Moment schon schiefgehen? Natürlich klang das sehr arrogant, aber er konnte sich nicht dagegen wehren, so zu denken. Er fühlte sich unbezwingbar und mit einer unbändigen Kraft ausgestattet. Während seine Trainingsjacke im Fahrtwind zappelte, überzog André eine Gänsehaut, als er die Bäume passierte, die sich neben ihm an der Wupper aneinanderreihten wie eine Ehrengarnison von Riesen.

Bald hatte der Junge die Kreuzung am Rand des Schienenstrangs erreicht. Hier hingen wie so oft im Frühjahr – wenn die Tage schon warm, die Nächte aber noch bitterkalt waren – dicke Nebelschwaden in der

Luft. *Es sieht ein wenig gespenstisch aus*, dachte André und erinnerte sich an die Kulisse eines Horrorfilms. „Fehlt nur noch, dass in der Ferne ein Wolf heult", sagte er leise zu sich und trat in die Pedalen. Der Fahrtwind schluckte seine Worte. *Allerdings*, so dachte er, *wäre es vermutlich eher die Art von Film, bei der es nicht um übernatürliche Bestien ging, sondern um Menschen, die schlichtweg übergeschnappt waren*. Ihm hatten solche Filme immer Gänsehaut bereitet. Ihm war es unbegreiflich, warum jemand auf einmal ausrastet und Menschen tötet. Amokläufe und Selbstmordattentate beherrschten die Nachrichten. „Was es doch für Spinner gibt", sagte André laut und ärgerte sich ein wenig.

Durch die wiederholten Selbstgespräche kam er sich augenblicklich selbst wie der Spinner vor. Selbstgespräche waren eine Marotte, die er nicht abstellen konnte, ganz gleich, wie sehr er es auch versuchte. Jedoch war jetzt nicht die Zeit, um sich über etwas zu ärgern. Schließlich bog André doch noch ganz ohne übernatürliche Erscheinungen oder riesige Wölfe schwungvoll rechts ab. Der sandige Boden knirschte unter den Reifen seines Fahrrads. Von hier ging es vorbei an einem Trafo-Häuschen und dann einfach nur noch geradeaus bis zur Brücke.

Jäh blitzte Licht auf, gefolgt von einem aufheulenden Motor. Reifen quietschten schrill. Eine gewaltige Kraft schleuderte André durch die Luft – hart schlug er einige Meter entfernt auf dem Boden auf. Es dauerte einen Moment, bis er langsam den Kopf heben konnte und ein Auto erblickte, das seitlich vor ihm stand. Der

Motor lief noch kurz weiter, die Scheinwerfer erloschen. Andrés Fahrrad lag verbeult zwischen ihm und dem Wagen.

Der Junge spürte einen stechenden Schmerz im linken Bein, hob vorsichtig seinen Oberkörper an, schaute an sich hinab und sah Blut aus dem Oberschenkel sickern. Wie das Wasser der Wupper schimmerte es in der Dunkelheit beinahe schwarz. Wahrscheinlich hatte er sich auch was gebrochen. Wenigstens konnte er sein Bein bewegen. Er tastete den Oberschenkel ab, der heftig pochte, aber nicht die Ursache seiner Schmerzen zu sein schien.

Andrés Hand glitt weiter und drückte auf die Wade. Der Junge stöhnte laut auf. Hier musste etwas kaputt sein. *Scheiße. Meine Karriere.* Er fürchtete das Schlimmste. Dann schlug eine Wagentür zu. *Wie konnte der Idiot ihn nur übersehen haben?*

Hinter dem alten VW trat eine schlaksige Gestalt hervor. Ihre Schritte waren ruhig und gleichmäßig, als sie auf den Jungen zukam. Sie schien keine Eile zu haben. Der Figur nach zu urteilen, muss es ein Mann sein, war sich André sicher. Leise rief er um Hilfe. Einen Moment blieb der Fremde stehen. Dann ging er weiter. Leicht nach vorne gebeugt, als trüge er eine schwere Last.

Gestalt und Gang kamen dem Jungen plötzlich bekannt vor. Er hatte diesen Mann erst kürzlich gesehen. Sekunden später schrie er laut auf. Der Mann stand jetzt vor ihm. Es war wie in einem Horrorfilm. André starrte auf eine weiße Clownmaske, als sich der Fremde über ihn beugte. *Der wird mir nicht helfen. Ich muss hier weg.*

Instinktiv drehte sich der Junge zur Seite und trat mit seinem rechten Bein dem Fremden mit voller Kraft in den Unterleib. Der Überraschungsangriff gelang ihm. Vor Schmerzen krümmte sich der Mann, stieß ein Lautes „Du Miststück“ aus und ging in die Knie. André nutzte seine Chance, humpelte ein paar Meter davon, bis ihn ein Schlag in den Rücken traf. Er strauchelte, riss den Angreifer im Fallen mit und spürte plötzlich einen Stich im linken Arm, der sich wie das Einstechen einer Nadel anfühlte. André ignorierte es, trat mit seinem unverletzten Bein zum zweiten Mal auf den Angreifer ein. *Super! Volltreffer! In den Magen!* Wieder stöhnte der Mann auf.

So schnell es ihm möglich war, rappelte der Junge sich auf und humpelte auf die Baumreihe zu. Vielleicht konnte er sich dort verstecken? Hinter ihm keuchte und schnaubte es. Der letzte Tritt hatte den Angreifer nicht lange außer Gefecht gesetzt. André beschleunigte seine Schritte und versuchte den stechenden Schmerz irgendwie zu ignorieren. *Gleich werde ich straucheln*, sagte eine gehässige Stimme in seinem Kopf. Panik trieb den verletzten Jungen weiter und das Adrenalin setzte die letzten Kraftreserven frei. Unvermittelt strauchelte André tatsächlich. Wahrscheinlich über eine Wurzel. Behände fing er sich an einem tief hängenden Ast ab und verhinderte so einen fatalen Sturz.

Die Welt schien an Schärfe und Farbe zu verlieren. Er nahm sie wie durch einen Schleier wahr. Zögern oder gar stehen bleiben konnte er sich nicht erlauben. *Weiter, du musst weiter, du musst hier weg*, schoss es ihm durch den Kopf. Als wären es Slalomstangen, wand er sich an Stämmen, Ästen und Wurzeln vorbei. Der schwere Atem seines Verfolgers kam wieder näher. André schrie um Hilfe. Seine Stimme klang so leise und dumpf wie durch eine dicke Schicht Watte.

Der Junge machte sich keine Illusionen. Mit der Verletzung würde er nicht entkommen können. Doch wo war er überhaupt? Die Wupper war ganz nahe – er hörte sie direkt neben sich. Mehr Zeit blieb ihm nicht, um sich zu orientieren. Er musste den Verfolger abschütteln. Er musste – der Gedanke wurde jäh unterbrochen, als ihn etwas am Bein traf. Unsanft stürzte er auf den schlammigen Boden, versuchte robbend zu fliehen. Etwas Schweres traf ihn mit noch größerer Wucht zwischen den Schulterblättern. Dem Jungen blieb die Luft weg. Für einen Moment war die Welt um ihn herum schwarz.

Als er seine Augen wieder öffnete, sauste einige Zentimeter neben ihm ein Spaten ins Erdreich. Hände packten ihn an einer Schulter und drehten ihn um. „Ich werde dir nichts tun, wehre dich einfach nicht weiter. Du musst nur mitkommen“, sagte eine Stimme, die dem Jungen sofort vertraut vorkam. Er glaubte zu wissen, wem sie gehörte, und konnte kaum glauben, dass dieser Mensch fähig gewesen war, ihn anzugreifen.

Ackermanns Atem überschlug sich. Die Anstrengung und die Aufregung hatten seltsamerweise dazu geführt, dass er etwas anderes fühlte, als diese erstickte ohnmächtige Trauer. Er war beinahe stolz auf das, was er bisher geleistet hatte. Schwer keuchend rollte er

André weiter in Richtung Wupper und ließ ihn hinter einem dichten Rhododendron liegen. Hier würde den Jungen niemand finden. Dann kehrte er um, um den Wagen zu holen.

Apropos Wagen, Ackermann musste noch einen Anruf tätigen. Er zog die Handschuhe aus und holte sein Handy hervor. Wenige Sekunden später meldete sich Julius. Er klang sehr verärgert. Es täte ihm so furchtbar leid, sagte Ackermann, aber er habe auf der Landstraße ein Reh angefahren. Das Tier sei verletzt auf und davon in den Wald. Er habe vergeblich versucht, es zu finden, um eventuell die Polizei, den Förster oder sonst wen zu informieren, damit das Tier erlöst werden könne. Er habe gar nicht daran gedacht, ihn anzurufen.

„Der Schock war zu groß“, log der Vater seinem Sohn vor, der jetzt froh war, dass es seinem Vater gut ging. Er würde sich von einem Freund nach Hause fahren lassen. Das sei gut, erwiderte Ackermann. Er sei gerade auf dem Rückweg zum Wagen, der übrigens einige Beulen abbekommen habe. Nach kurzem Verschnaufen würde er nach Hause fahren.

Eilig rannte Ackermann zum Auto. Der Schaden vorne links sah nicht sehr dramatisch aus. Morgen würde er ihn sich genauer anschauen. Dann nahm er das Fahrrad, das vollkommen verbogen nach moderner Kunst aussah, stopfte es in den Kofferraum, holte den Besen hervor und verteilte den losen Boden am Unfallort.

Ob es wirklich helfen könnte, Spuren zu verwischen, wusste Ackermann nicht. Er hatte es sogar geschafft, das Blut unter einer dünnen Schicht Erde zu verbergen. Trotz der Zweifel fühlte er sich etwas besser. Bei der

Gelegenheit entdeckte er auch abgerissene Metallteile des Rades sowie Andrés Handy.

Auf dem Display waren Risse, sonst war es scheinbar funktionsfähig. Sorgfältig verstaute er es in seiner Hosentasche und nahm sich einen Moment Zeit, um den Platz abzusuchen. Wenn er jetzt etwas übersähe, würde er sich später unter Umständen verraten. *Ich darf mich damit nicht zu lange aufhalten*, ermahnte er sich und hatte das Gefühl, ihm säße eine gewaltige Uhr samt einer Hundertschaft Polizisten im Nacken.

Egal, er musste seinen Plan fortführen, André in den Kofferraum legen und wegbringen. Als der Motor losdröhnte und die Scheinwerfer aufflammten, war sich Ackermann sicher, dass er jemandem im Lichtkegel stehen sehen würde, jemanden, der alles gesehen hatte. Er zuckte zusammen, als das Licht einen Baum zu einer menschenähnlichen Gestalt werden ließ, die flankiert von Nebelschwaden vor ihm stand. Einen Handgriff später erlosch das Licht.

„Wie konnte ich nur vergessen, die Scheinwerfer wieder auszuschalten?“, fragte Ackermann leise in die Dunkelheit hinein und holte dreimal tief Luft. Dann steuerte er den Wagen langsam über das Stück Wiese, das André entlanggelaufen war. Etwa fünfzig Meter weiter hielt er direkt vor dem Rhododendron an und war froh, als der Motor ausgeschaltet war. Der Junge lag immer noch da, wo er ihn hatte liegen lassen. Ackermann packte ihn an den Schultern und zog ihn zum Wagen.

Das Hineinwuchten war eine echte Herausforderung. Als der Junge mit der Schulter gegen die Ladekante prallte, entfuhr ihm ein mattes Stöhnen – sonst nichts.

Ackermann schob den Körper noch einmal nach und spürte das Brennen seiner Lungen, als er den schlaffen Körper endlich so weit hatte, dass er hinabgleiten konnte.

Er keuchte, als er den Besen packte und wieder über das Gelände fegte, um die Schleifspur von Andrés Füßen so gut es ging zu verwischen. Um die Reifenspuren scherte er sich nicht. Morgen würde er sich neue Reifen aufziehen. Bei einem Wildtierunfall kann ein Rad ja schnell Schaden nehmen, ein Wechsel wäre nur konsequent und keinesfalls verdächtig.

Vorsichtig setzte Ackermann den Wagen zurück und hoffte inständig, dass er nicht wegen der schlechten Sicht, des unwegsamen Geländes oder der Aufregung einen Fehler machte und an einer Wurzel, einem Stein oder sonst etwas hängen bleiben würde. Kaum hatte er den Gedanken beendet, schrappte der Unterboden mit einem fiesen Geräusch über etwas Hartes – vermutlich über einem Stein. Bange Sekunden vergingen, dann war das Hindernis überwunden und er konnte das Lenkrad einschlagen, um wieder in Fahrtrichtung auf dem Feldweg zu stehen.

Nervös blickte Ackermann auf die Uhr. Alles hatte länger gedauert als geplant. Während der Fahrt fischte er in seiner Tasche herum, um Andrés Handy herauszuholen. Er musste die Nachricht während der Fahrt schreiben. Konnte es denn wirklich passieren, dass man ihn anhielt, während er das Handy benutzte? Das wäre schon absurd, wo doch bisher so viel Glück im Spiel gewesen war.

Die nächsten Minuten nahm Ackermann kaum wahr. Sie schienen ein surreales Zusammenspiel aus WhatsApp, nächtlichen Straßen, dem Gefühl, verfolgt zu werden, und permanenter Übelkeit zu sein. *Ich bin ja schon auf der Autobahn*, ging es ihm durch den Kopf, als er Richtung Norden dahinsauste. Inzwischen war er am Ende des Textes angelangt, den er Andrés Eltern senden wollte: *Ich kann einfach nicht mehr. Ich brauche Zeit für mich. Macht euch bitte keine Sorgen. Ich werde mich bald melden. Hab euch lieb!*

War es wirklich so leicht, eine falsche Spur zu legen? Das würde sich noch zeigen. Für den Moment musste es genügen. Immerhin traf die Nachricht den Stil, den André gegenüber seinen Eltern verwendete – zumindest, wenn man die letzten Nachrichten als Maßstab nehmen konnte. Wenige Minuten später verließ Ackermann bei Burscheid die Autobahn.

Die folgenden Landstraßen wurden immer schmäler. Schließlich sah er in der Ferne einen dunklen Umriss, der sich aus den Nebelschwaden erhob, die langsam über die Anhöhe krochen. Das verlassene Haus war sein Ziel. *Manchmal überkommen einen Ideen über die seltsamsten Umwege*, dachte er sich, als er den Wagen verlangsamte. Die Einfahrt zum Gebäude war schmal und steil, die Reifen ließen den weichen Boden knirschen, der immer noch mit Kies durchzogen war.

Das inzwischen vollkommen verrottete Bauernhaus kannte er noch aus seiner Jugend. Damals waren es Mutproben gewesen, die ihn und seine Freunde nachts dorthin gezogen hatten, heute waren es ganz andere Gründe. Doch heute wie damals machte sich eine Gänsehaut auf seinem Rücken breit, als er die Details wahrnahm. Die Fensterläden hingen schief herab, ganz im Gegensatz zu den Schieferschindeln – sie waren schon vor langer Zeit heruntergefallen.

Der Blick auf das morsche Gebälk und die Steine darunter lag frei. Hier und da war das Holz bereits so vom Wasser aufgebläht, dass die Balken regelrecht aufgeplatzt waren. Die Zeit hatte auch bereits tiefe Löcher in das Mauerwerk gefressen, die Ackermann an klaffende Wunden erinnerten. Allerdings war es keinesfalls das Äußere alleine, das diesem Platz eine unheimliche Stimmung verlieh, sondern die Gräueltat, die dazu geführt hatte, dass das Haus seit knapp achtzig Jahren leer stand.

In Ackermanns Kindheit hatte jeder im Umkreis die Geschichte der Familie Tacker gekannt. Jeder hatte gewusst, dass der Besitzer, als die Geschäfte nicht mehr gut liefen, aus der Not heraus erst seine zwei kleinen Töchter und dann seine Frau im Schlaf erstickt hatte, bevor er auf den Speicher hinaufgestiegen war, um dort eine Schlinge um einen Balken zu führen und sich zu erhängen. Ackermanns Blick wanderte unwillkürlich zu dem Dachfirst empor. Beinahe erwartete er, etwas zu sehen – vielleicht eine schwarze Krähe. Aber dort war natürlich nichts.

Als kleiner Junge hatte er zwar fest daran geglaubt, dass es in dem unheimlichen Gemäuer spukte, heute wusste er, dass es keine Geister gab. Nur Monster. Er hielt an und stieg aus. Die Zeit drängte.

Fehlentscheidung

Bernd Sieberts Blick war leer. Sicher, er sah, wie seine Jungs versuchten, sich die Schrecken der vergangenen Tage nicht anmerken zu lassen, aber er wusste auch, dass sie sich Normalität nur vorspielten – verzweifelt und zum Scheitern verurteilt. Der Schock war allen ins Gesicht geschrieben. Manche blickten genauso apathisch wie Siebert selbst, andere sahen regelrecht verstört aus. Manchmal ertappte sich Siebert, dass er bei einem Abspiel nur darauf wartete, dass André zwischen zwei Gegenspielern hindurch in den freien Raum starten, den Ball verarbeiten, eines seiner Dribblings ansetzen und ein Traumtor schießen würde.

Natürlich war das Unsinn. Seit dem letzten Training hatte niemand mehr etwas von dem Jungen gehört. Die einzigen Informationen erhielten er und die Mannschaft aus den Medien. Andrés Eltern mieden jeden Kontakt, was Siebert verstehen konnte. In solchen Ausnahmesituationen musste jeder seinen eigenen Weg finden, um mit dem Schrecklichen fertig zu werden. Irgendwie musste das Leben ja weitergehen.

Weiter kam er nicht. Hinter ihm schlugen zwei Wagentüren zu, eilige Schritte folgten. Er drehte sich in Richtung Parkplatz. Frau und Herr Böhlefeld, Andrés Eltern, waren aus einem silberfarbenen Porsche Cayenne ausgestiegen. Damit hatte Siebert nicht gerechnet. Andrés Vater eilte seiner Frau voran. Die offene Jacke wedelte hektisch hin und her.

„Wir müssen uns dringend unterhalten“, sagte er grußlos. Seine Stimme klang trocken, unter seinen Augen hatten sich dicke schwarze Ringe gebildet.

„Gerne! Das können wir. Warten Sie bitte kurz“, sagte Siebert. Er merkte, wie sich ein dicker Kloß in seinem Hals festsetzte. *Das würde ein furchtbares Gespräch werden.* „Zeit für einen kurze Pause mit Seitenwechsel“, rief er in Richtung Spielfeld und hoffte, man hörte nicht, wie brüchig seine Stimme gerade klang. Dann wandte er sich wieder den Böhlefelds zu und wies in Richtung der Umkleidekabinen. Dort könnten sie ungestört reden.

Es waren nur wenige Meter bis zur Kabine, aber sie reichten, damit sich das Gedankenkarussell in Sieberts Kopf viele Male um die eigene Achse drehen konnte. Was könnten Andrés Eltern ausgerechnet jetzt wollen? Wie sollte er sich verhalten? Wie könnte er das Gespräch schnell hinter sich bringen?

Obwohl die Nachmittagssonne für die Jahreszeit äußerst kräftig schien, fröstelte es dem Jugendtrainer, als er die Tür erreichte, sie öffnete und dem Ehepaar mit einer Geste den Vortritt ließ. Er warf einen kurzen Blick in Richtung Trainingsplatz. Dort hatten seine Jungs keine Lust mehr auf Pause und rackerten sich weiter ab.

Siebert folgte den Böhlefelds, die sich in die Mitte der Kabine gestellt hatten. Obwohl beide sehr sportlich waren, sahen sie wie alte gebrochene Menschen aus. Frau Böhlefeld setzte sich auf eine Holzbank und sackte augenblicklich in sich zusammen, ihr Mann legte den Arm um ihre Schultern.

„Ich möchte, dass Sie wissen, dass mir das alles sehr leid tut", sagte Siebert in die Stille hinein. Seine Stimme kam ihm fremd vor und hallte in dem großen halbdunklen Raum unangenehm lange nach. Die einzige Lichtquelle war die geöffnete Tür. Siebert überlegte, ob er die Lampen einschalten sollte, aber verwarf den Gedanken. So passte es besser, alles andere wäre ihm so vorgekommen, als richtete man Flutlicht auf das verzweifelte Ehepaar.

„Danke", entgegnete Andrés Vater. Seine Stimme klang hohl und leer. Die Wangen sahen talgig aus, Bartstoppeln drangen zwischen fettigen Poren hervor. Der Atem roch nach Alkohol – Siebert kannte den Geruch nur allzu gut. Ihm kam es vor, als werfe er einen unbequemen Blick in den Spiegel vergangener Zeiten.

„Wir sind hier, weil wir wissen möchten, ob Sie es für möglich halten, dass André wegen des Leistungsdrucks einfach ..." Die Mutter machte eine Pause und schluckte. „... ob er einfach weggelaufen ist?"

Wieso sollte er das tun?, fragte Siebert sich und antwortete nicht rasch genug.

„Sie müssen keine Angst haben, dass wir irgendeinen Groll gegen Sie hegen. Wir möchten nur wissen, ob Sie es überhaupt für möglich halten", ergänzte Andrés Vater. Siebert suchte immer noch nach einer passenden Antwort. Matt drangen vereinzelte Rufe der Spieler vom Trainingsgelände herein.

Er sah André noch vor sich, als er beim letzten Training unbeschwert über den Platz rannte und seine Mannschaftskollegen reihenweise wie Slalomstangen mühelos umspielte. Er war sehr stolz auf sich gewesen, hatte sich gefreut, gelacht und gejubelt. Auch nach dem Spiel, als das Adrenalin schon längst zurückgegangen sein musste, hatte der Junge nicht den Anschein vermittelt, als könnte etwas nicht stimmen. Ganz im Gegenteil: Er hatte das Gespräch mit den anderen Jungs aus der Mannschaft gesucht. Man konnte ihm dabei die Freude über das gelungene Training und den Stolz über seine Leistung deutlich ansehen.

Siebert erinnerte sich auch an das Gespräch, das er mit André im Anschluss geführt hatte. Natürlich war es kaum noch ein Geheimnis gewesen, dass der Trainer ihn für einen Profi-Vertrag vorschlagen würde. Aber an diesem Abend war es zum ersten Mal ausgesprochen geworden.

„Wenn ich an unser letztes Gespräch denke, sehe ich seine strahlenden Augen vor mir. Ich habe ihm gesagt, dass er in den Profi-Kader aufrücken könne. Ihr Junge freute sich riesig." Sieberts Stimme klang wieder klar und deutlich. „Ich kann mir nicht vorstellen, dass er weggelaufen ist. Es gab absolut keinen Grund dafür", sagte der Trainer und machte einen Schritt auf die Eltern zu.

„Glauben Sie mir, ich kenne Ihren Sohn sehr gut. Ich wüsste es, wenn mit ihm etwas nicht gestimmt hätte. Im Alltag mag man Probleme tarnen können, aber nicht auf dem Platz. Wenn etwas nicht stimmt, dann spielt man schlecht. Dinge, die einem sonst im Schlaf gelingen, gehen dann schief. Nein, mit André war alles in Ordnung. Er ist bestimmt nicht weggelaufen."

Wieder herrschte Schweigen. Es war so ruhig, dass man hören konnte, wie der Vater schluckte. In den Augen der Mutter sammelten sich Tränen. Ihre Lippen waren zu einer dünnen Linie gepresst. „Die Polizei glaubt an das übliche Weglaufen in diesem Alter. Sie sagt zwar, dass sie ermittelt und Andrés Freunde und andere potenzielle Zeugen befragt, aber sie tut es nur halbherzig. Bisher gäbe es keine Hinweise, dass ihm etwas zugestoßen sei, behauptet sie, wenn wir anrufen. Wir sind verzweifelt", schluchzte Andrés Mutter, während die ersten Tränen an ihren Wangen herabflossen.

Ihr Mann legte wieder den Arm um sie. „Wir konnten kaum glauben, dass es angeblich keine Spuren gibt und haben uns Andrés Strecke selbst angesehen. Leider haben wir nichts gefunden. Allerdings bedeutet es ja nicht zwangsläufig, dass er weggelaufen sein muss, nur weil es nirgendwo Hinweise gibt, dass etwas anderes passiert ist. Es sind 14 Kilometer vom Trainingsgelände bis zu uns nach Hause, die er auf dem Fahrrad zurückgelegt hat. Es muss ihn ja nur irgendein besoffener Idiot angefahren und in Panik beschlossen haben, dass es besser sei, ihn irgendwo im Wald hinauszuwerfen, um nicht in den Bau zu wandern!"

Andrés Vater hatte sichtlich Mühe, sich zu beherrschen. Mit jedem Wort war er lauter geworden, bis die letzten Sätze fast nur noch einem unterdrückten Schrei ähnelten.

Siebert holte Luft. „Bitte, beruhigen Sie sich, Herr Böhlefeld. Ich teile Ihre Meinung. Nur weil die Polizei bisher keine Spuren gefunden hat, muss das nicht bedeuten, dass André weggelaufen ist. Ich halte diese Vermutung auch für absoluten Blödsinn." Der Trainer machte eine Pause. „Wir sollten gemeinsam überlegen, welche weiteren Schritte jetzt sinnvoll sind", fuhr er fort und blickte fragend zu Andrés Eltern. Die Mutter wischte sich mit einem Taschentuch die Tränen weg.

„Wir haben so lange darüber nachgedacht, was passiert sein könnte und ..." Sie biss sich auf die Lippe, ihr Mann packte sie am Unterarm und flüsterte ihr etwas ins Ohr. Frau Böhlefeld nickte ihrem Mann zu. „Wir denken, dass der Sport etwas mit Andrés Verschwinden zu tun hat. Jemand wollte ihn aus dem Weg haben, weil er diesen Scheiß-Vertrag bekommen sollte!"

Siebert war wie paralysiert, als er den Vorwurf hörte. In den Augen von Andrés Mutter lag kalter Trotz. Der Trainer war sicher, dass sie ihre Vermutung in keinster Weise einschränken oder gar zurücknehmen würde. „Ich kann verstehen, dass Sie noch immer unter Schock stehen, aber ..." Weiter kam Siebert nicht. Durchdringend laut unterbrach ihn Andrés Mutter.

„Denken Sie doch mal darüber nach. Wenn er nicht weggelaufen ist – und davon gehen wir alle aus – ist er vielleicht überfallen worden. Kann das nicht sein? Was war denn in den letzten Wochen anders als davor?" Sie machte eine kunstvolle Pause. Dann schnellte sie von der Bank auf und blieb nur wenige Zentimeter vor Sieberts Gesicht stehen. „Sie haben ihm diesen Vertrag, auf den er so lange hingearbeitet hat, in Aussicht gestellt!" Der Jugendtrainer hob die Arme wie zu einer Abwehrhaltung, Andrés Vater hatte seine Frau am Unterarm gepackt und zog sie sanft zurück. Sie schüttelte langsam den Kopf und murmelte eine leise Entschuldigung.

In Sieberts Kopf arbeitete es. Die unterschiedlichen Bilder rauschten in seiner Erinnerung an ihm vorbei: Szenen vor und nach dem Spiel, Gespräche mit Eltern, schließlich ein Bild, das ihn zusammenzucken ließ. Er sah noch deutlich vor sich, wie die hünenhafte Gestalt von Julius wie ein Häufchen Elend am Spielfeldrand stand, als sein Vater ihn entgegen aller Gewohnheit nicht abholte. Siebert hatte dem Jungen noch angeboten, ihn nach Hause zu fahren. Er hatte dankend abgelehnt und stattdessen ein weiteres Mal versucht, seinen Vater mit dem Handy zu erreichen. Damals hatte sich Siebert zwar gewundert, aber besondere Beachtung hatte er der ganzen Sache nicht geschenkt. Heute kam ihm das alles sehr merkwürdig vor.

Eigentlich wusste er wenig über diesen Ackermann – und das war seltsam. Andere Eltern waren stets für einen Plausch nach dem Training zu haben gewesen. Siebert kramte tiefer in seinen Erinnerungen. Dann fand er etwas. Ja, zu einer Waldlauf-Einheit im Herbst letzten Jahres hatte Ackermann seinen Sohn viel zu früh am Treffpunkt, einem Wanderparkplatz in der Odenthaler Natur, abgeliefert. Er war gar nicht um ein kurzes und sehr zähes, ja regelrecht unangenehmes Gespräch herumgekommen. Damals war der Kerl ihm unsympathisch gewesen, hatte sich aber nicht erklären können, woran das gelegen hatte. So etwas kommt schon einmal vor. Schließlich muss man nicht jeden Menschen mögen.

„Worüber denken Sie nach?“, fragte Andrés Vater. Siebert suchte nach anderen Erlebnissen mit dem Vater von

Julius. „Wenn Sie einen Verdacht haben, sagen Sie es, verdammt noch mal! Unser Junge liegt vielleicht irgendwo da draußen und braucht Hilfe!“ Der Vater machte einen Schritt auf Siebert zu und riss dabei die Augen weit auf.

„Ich habe einen Verdacht, aber ich muss darüber nachdenken. So bringt es leider noch nichts.“ Sieberts Stimme klang fest und überzeugend. Die Eltern sahen ihn so erwartungsvoll an, als könne er ihnen bald den Sohn zurückbringen. „Ich denke auch, dass etwas passiert ist und fürchte, dass es tatsächlich etwas mit dem Vertrag zu tun haben könnte. Allerdings weiß ich nicht, ob wir André nicht schaden, wenn wir falsche Verdächtigungen aussprechen. Sollte jemand aus dem Umfeld der Mannschaft mit seinem Verschwinden zu tun haben, so glaubt dieser im Moment noch, dass ihm niemand auf der Spur ist. Soll er das nur glauben. Wenn der Junge womöglich sogar wegen mir im Schlamassel steckt, dann werde ich ihn da rausholen. Bitte vertrauen Sie mir!“

Foulspiel 2

Andrés Kopf hämmerte – er hatte erst wenige Male in seinem Leben Alkohol angerührt und jetzt fühlte er sich genau so, als hätte er zu viel davon getrunken. Der trockene Mund und die rumorende Übelkeit tief in der Magengegend passten zusammen. Was er so jedoch nicht kannte, war die Panik, erblindet zu sein. Es war zwar nur ein kurzer Moment, bevor er begriff, dass er irgendwo in der Dunkelheit wach geworden war. Aber dieser reichte bereits aus, dass sein Herz das Blut wie wild durch seine Adern presste.

Kalter Schweiß sammelte sich auf seiner Stirn. Als er ihn wegwischen wollte, bemerkte er, dass er seine Arme nicht bewegen konnte. Etwas hielt sie fest. Er holte tief Luft, aber der Geruch von Moder und Schimmel reizte seine Nase. Jetzt merkte er, dass er aufrecht saß, an etwas gelehnt, seine Hände waren hinter seinem Rücken irgendwie fixiert. Er wollte aufstehen. Unmöglich. Sie waren nicht nur zusammengebunden, sondern offenbar auch an irgendetwas befestigt. Ihm wurde es schnell klar. Der harte Griff seiner Fesseln gehörte zu Handschellen. Er entspannte die Arme wieder, damit die Fixierung nicht weiter in seine Handgelenke schnitt.

Langsam kehrten die ersten Erinnerungen zurück. Er sah wirre Bildfetzen in schneller Abfolge: das grelle Licht, die schlanke Gestalt, die sich über ihn beugte, Äste, an denen er vorbeihumpelte. Jetzt erinnerte er sich auch an die Verletzung. Er bewegte den Oberschenkel. Es tat weh, aber es schien nichts Schlimmeres passiert zu sein. *Aber im Moment habe ich weitaus größere Sorgen.* Inzwischen hatten sich Andrés Augen etwas an die Dunkelheit gewöhnt. Ein mattes Licht, das hin und her wanderte, drang von weiter oben zu ihm herab. Es schien zu einem Schlitz verengt, als zwänge es sich unter einer Tür hindurch.

Die Lichtquelle war nicht sehr intensiv, aber ausreichend, damit er etwas von der Umgebung erkennen konnte. Vor ihm führte eine schmale Treppe, beinahe schon eine halbe Leiter, nach oben. Morsche Bretter flankierten sie. Vereinzelt lagen Holzreste herum, eine Truhe stand links in seiner Nähe. Auf ihr thronte eine Lampe, deren Schirm schräg herabhing. Der Stoff glich einer einzigen Ansammlung von Fetzen.

André drehte den Kopf, so weit er konnte, um sehen zu können, woran er gefesselt war. Es war ein Balken, der sich wie ein Pfeiler mitten in einem Raum befand – vermutlich in einem Keller, wo er die Decke zum Erdgeschoss stützte. Auch schräg hinter sich erblickte er alten Plunder. Kleinere Möbel, alte Lampen, Werkzeuge und – da war etwas!

Eine Gestalt kauerte in der Ecke. Er traute sich nicht, auch nur einen Laut von sich zu geben oder den Blick abzuwenden. Was will der Kerl? Die Gestalt bewegte sich keinen Millimeter, André stets fest im Blick. Über sich hörte der Junge Schritte. Sie näherten sich dem Treppenaufgang, sodass die Lichtquelle heller wurde. Jetzt erkannte André, dass dort keine Gestalt in der Hocke saß und ihn fixierte, sondern ein mannshoher Spiegel stand, der übersät mit Spinnweben war. Der Junge schüttelte den Kopf und atmete erleichtert durch. Das Licht reichte nicht aus, um die Wände um ihn herum klar erkennen zu können. Der Raum verlor seine Dimensionen in der Dunkelheit, sodass André keinerlei Gefühl dafür besaß, wie groß der Keller sein mochte. Genauso hatte er jedes Zeitgefühl verloren. Vielleicht war es nicht mal mitten in der Nacht. Er konnte die Tageszeit nur erahnen, weil seine modrige Zelle keinerlei Fenster besaß.

Jetzt hörte er wieder Geräusche. Ein Lichtkegel huschte umher. Wie viele Stunden war er hier schon eingesperrt? Was würden seine Eltern denken? Bestimmt würden sie sich große Sorgen machen und hatten die Polizei alarmiert. Vielleicht würde er gleich Sirenen hören, das Bersten von Holz, wenn die Polizisten die Tür eintraten, die Kellertür öffneten und ihn retteten. Sicherlich, er war jung, aber nicht so jung, um so naiv zu sein, daran zu glauben. Die Hoffnung an ein glückliches Ende gab er auf. Der Gedanke an seine Eltern erinnerte ihn an sein Handy. Vielleicht hatte der Kerl es übersehen? André spannte das rechte Bein an und bemerkte sofort, dass die Hosentasche leer war. Verdammt! Sein Entführer hatte das Smartphone an sich genommen. Tränen begannen über seine Wangen zu rollen. Würde er jemals in diesem Gefängnis gefunden werden?

Plötzlich rieselte feiner Sand auf den Jungen herab. Schritte wanderten in Richtung Treppe. Es wurde heller. Sonst geschah nichts, die Tür blieb verschlossen.

Die Schritte entfernten sich, es wurde wieder dunkler. Einen Moment überlegte er, ob er rufen sollte, verwarf aber schnell diese Idee. Wer auch immer ihn hier hingebracht hatte, dieser Jemand würde bestimmt ... Bei Kriminalromanen gab es immer einen Ausweg – zum Beispiel einen Nagel, der irgendwo herumlag und mit dem er ... doch nicht etwa die Handschellen würde öffnen können? Das vielleicht nicht, aber eventuell böte sein Entführer ihm die Möglichkeit, dass er ihn angreifen und er dann entkommen könnte? André seufzte, gefolgt von einem weiteren Magenkrampf, der ihm deutlich machte, dass ungeachtet aller Fluchtfantasien sein körperlicher Zustand genügte, um jede Heldentat auszuschließen. Trotzdem brauchte er eine Taktik, falls sich doch noch irgendeine Gelegenheit zur Flucht ergeben sollte. Was sollte er machen, wenn ...?

Seine Gedanken rissen jäh ab – die Schritte hielten wieder auf die Tür zu. Dieses Mal wurde sie geöffnet. Licht durchflutete plötzlich den Raum, der André nun nicht mehr wie ein gigantisches Gewölbe erschien. Nein, es war ein kleiner, gedrungener Keller – wahrscheinlich einst notdürftig ausgehoben: Bretter, nun überzogen vom Schimmel, deckten das Erdreich nur notdürtfig ab. Es dauerte nicht lange und André nahm eine schlanke Gestalt auf der Treppe wahr, die der ähnelte, die ihn angegriffen und verschleppt hatte. Sie hielt etwas in der Hand, was er nicht erkennen konnte. Ein intensiver Strahl, vermutlich von einer Taschenlampe, traf seine Augen und löste einen höllischen Kopfschmerz aus, wobei er unfreiwillig die Lider schloss.

André hörte Schritte, die immer näher kamen. Dann war es still. Der Unbekannte musste vor ihm stehen geblieben sein. Vorsichtig öffnete der Junge die Augen. Die Lampe war auf die Decke gerichtet, sodass das Licht nicht mehr blendete. Der Fremde trug immer noch seine Maske, kramte ihn einer Hosentasche und holte einen Zettel hervor, den er vor sich hielt. *Trink etwas*. Dann hielt er André eine Flasche Wasser entgegen, aus der ein Strohhalm ragte. Der Junge musste nur den Hals ein Stück nach vorne strecken. Ein paar Züge würden bestimmt gegen den trockenen Mund und den üblen Geschmack auf der Zunge helfen.

André schüttelte leicht den Kopf, bevor er zum Trinken ansetzte. *Wer weiß, was in dieser Flasche drin is*t. Der Fremde bemerkte sein Zögern und wackelte aufgeregt mit der Wasserflasche. Der Strohhalm streifte Andrés Lippen. *Wenn er wirklich will, kann er mich auch leichter töten*. Der Junge vergaß jeden Zweifel und zog hastig am Strohhalm. Das Wasser tat ihm gut. Es kam ihm wie eine kleine Ewigkeit vor, bevor sein Durst gestillt war. Der Unbekannte zog die geleerte Flasche zurück, kramte erneut in seinen Hosentaschen und hielt ihm einen weiteren Zettel entgegen.

Essen bringe ich dir morgen. André nickte. Das störte ihn nicht im Geringsten. Sein Magen hätte sowieso nichts Festes vertragen. Er räusperte sich. „Was haben Sie mit mir vor?“, fragte er leise. Der Fremde streckte, als wollte er in der Schule das Wort ergreifen, den Finger hoch, durchsuchte wieder seine Hosentaschen und zeigte dem Jungen den nächsten Zettel. *Du musst einige Zeit hierbleiben*.

Augenblicklich schossen André Dutzende von Fragen durch den Kopf, aber er traute sich nicht, auch nur eine zu stellen. Stattdessen nickte er nur kurz. Der Fremde schien zufrieden zu sein, nickte zurück, machte kehrt, nahm die Lampe mit und ging auf die Treppe zu, die er eilig hinaufstieg. Als er die Tür hinter sich schloss, kehrte die Dunkelheit in Andrés Verlies zurück.

Ackermann seufzte, als er sich an dem alten Küchentisch auf einem knarrenden Stuhl niederließ. Dann vergrub der Mann das Gesicht in seinen Händen – die Maske hatte er bereits angewidert in eine Ecke geworfen. Wie sollte es nun weitergehen? Wie sollte er den Jungen tagelang, ja vielleicht sogar über Wochen und Monate dort unten gefangen halten? Selbst wenn es möglich war, ihn unerkannt zu versorgen, dann gäbe es immer noch das Problem, dass er seiner eigenen Familie erklären müsste, wohin er jeden Abend verschwand.

So viele Ausreden könnte er gar nicht erfinden, ohne Silkes Misstrauen zu wecken. Doch selbst, wenn er seine Frau in seinen Überlegungen nicht berücksichtigte, half ihm das nicht weiter. Er konnte ihn nicht so lange gefesselt lassen. Was wäre, wenn der Junge krank würde? Es war sehr kalt da unten. Vielleicht sollte er ihm noch eine Decke bringen? Ackermann schüttelte den Kopf. Auf seinem Gesicht lag ein hässliches Lächeln und er erhob sich schwerfällig. Seinen Rückenschmerzen tat es gut, ein paar Meter zu gehen.

Die alten Dielen knarrten unter seinem Gewicht, als er auf eine der matten Fensterscheiben zuging, um nach draußen zu blicken. Der Schmutz von Jahrzehnten hatte sich regelrecht in die Scheibe gefressen und eine dicke Kruste gebildet. Ackermann sah in sein unansehnliches Gesicht, das etwas zu sehr in die Länge gestreckt war und dessen eingefallene Wangen zusammen mit den tief sitzenden Augen immer den Eindruck von Krankheit vermittelten. Er sah wie ein Gespenst aus.

Wieder gingen ihm die Geschichten seiner Jugend durch den Kopf, von dem Mann, der seine Familie und dann sich selbst umgebracht hatte. Vielleicht hatte er sich deswegen entschieden, André hier hinzubringen. Immerhin erinnerte ihn sein eigenes Schicksal irgendwie an das Drama dieses Familienvaters. Sollte je herauskommen, was er getan hatte, bliebe ihm nur ein letzter Ausweg. Vielleicht sollte er gleich nach oben auf den Dachboden gehen. Mit etwas Glück wäre an den Spukgeschichten etwas Wahres dran und eine helfende Hand würde ihm mit aschfahlen kalten Fingern den Strick reichen. Aber Gespenster gab es nicht, nur Monster.

Am liebsten hätte Ackermann mit voller Wucht nach seinem Spiegelbild geschlagen. Er konnte nicht mehr ertragen, was es ihm zeigte: Dieses abscheuliche Etwas, das er gar nicht sein konnte, aber zu dem er inzwischen geworden war. Der falsche Ackermann blickte ihm höhnisch und voller Trotz entgegen. Es lag keine Reue für die eigenen Verbrechen in diesem Blick – nur Gleichgültigkeit. Womöglich gibt es doch Gespenster!? Wie sonst sollte Ackermann sich erklären, zu was er fähig gewesen war? Wie konnte jemand, der noch lebte, so etwas Abscheuliches tun? Er fand nur eine Erklärung. Er musste mit dem Leben und den anderen Menschen bereits abgeschlossen haben.

Ackermanns Gesicht verzerrte sich zu einer irren Fratze. Jeder Muskel zitterte. Der Atem ging flach und stoßweise, während der innere Druck zunahm, bis er kaum noch zu ertragen war. Jede Sekunde konnte er in hysterisches Lachen ausbrechen und wie verrückt schreiend hinaus in die Dunkelheit rennen. Er schlug mit der Faust gegen die vertäfelte Wand neben dem Fenster. Der jähe Schmerz überlagerte seine Emotionen.

Ackermann holte tief Luft – einmal, zweimal. Dann schloss er die Augen und sah sich wieder mit der Schaufel in der Hand in der dunklen Nacht stehen. Das angenehme Trugbild von André, wie Ackermann ihn im Keller gefesselt hatte und hoffte, ihn unerkannt gefangen zu halten, um ihn später freilassen zu können, war verblasst. Stattdessen sah er sich wieder das Loch ausheben, während der tote Körper des Jungen neben ihm lag.

Er hatte nur etwas mehr von dem Betäubungsmittel spritzen müssen, bis der Kreislauf des Jungen versagte und er sanft eingeschlafen war.

Was war ihm denn anderes übrig geblieben? Er hatte es versucht! Er war hierher gekommen! Er hatte den Keller ... – und dann waren die Fragen gekommen. Wie hätte er das schaffen sollen? Er weinte, während ihm ein neuer Gedanke durch den Kopf ging.

Er durfte seinen Sohn nicht diesem Wahnsinn aussetzen. „Es darf niemals herauskommen, was ich getan habe“, flüsterte Ackermann und blickte auf seine Hände. Trotz der Handschuhe hatten sich Blasen gebildet, als er das Grab ausgehoben hatte. Die Fingerkuppen waren aufgeplatzt.

Das konnte er leicht erklären. Offiziell hatte er ja einen Unfall gehabt. Erst jetzt wurde ihm bewusst, dass Julius und Silke auf ihn warten würden. Er musste los – seine Gewissensbisse und die Überlegung, André vielleicht doch nicht zu töten und zu verscharren, hatten unnötig viel Zeit gekostet. Er wischte sich die Tränen aus dem Gesicht. Er schnappte seine Sachen und warf einen Blick in den Keller. Einen Moment lang wünschte er sich, er hätte André wirklich dort hinuntergebracht und der Junge säße dort – lebend und sicher verwahrt. „Es hätte nur schiefgehen können", flüsterte Ackermann leise und beeilte sich, dass er aus dem stickigen Haus gelangte. Draußen zwang er sich, den Blick nicht nach links gleiten zu lassen. Dort, hinter der Grenze zu einem der ehemaligen Felder, hatte er sich entschlossen, André zu – entsorgen? Sein Magen verkrampfte sich. Ackermann musste sich fast übergeben.

Im Auto atmete er tief durch, bevor er es wagte, den Motor zu starten. Als er den Schlüssel umdrehte und die Innenbeleuchtung kurz aufleuchtete, sah er sich im Spiegel. Kreidebleich war er, das Haar klebte vom Schweiß an seiner Stirn. Die Augen sahen aus wie zwei glasige Flächen – ohne jedes Leuchten, ohne jeden Schimmer, leblos sah er aus. Wenigstens, so dachte Ackermann und musste verächtlich grunzen, würde ihm jeder glauben, dass er einen Unfall gehabt hatte. Dann wendete er den Wagen. Sein Blick wanderte wie unter Zwang wieder hinauf zum Dachfirst. Ob sich Geschichte wirklich wiederholen kann? Es lief ihm kalt den Rücken hinunter.

Heimspiel

Das dunkle Land um ihn herum flog nur so dahin. Ackermann wusste, es war unvernünftig, in seinem Zustand zu rasen. Aber gegen sein mörderisches Tempo konnte er sich nicht wehren. Ein Blick auf sein Handy hatte es ihm bereits verraten: Sowohl Silke als auch Julius hatten schon mehrfach versucht, ihn zu erreichen. Das hieß, mit jeder Minute, die er überfällig war, würde es schwerer, sein Lügenkonstrukt aufrechtzuerhalten. Obwohl er zitterte, drang der Schweiß aus seinen Poren. Das T-Shirt war bestimmt schon durchgeschwitzt. Ackermann öffnete den Reißverschluss der schwarzen Jacke und ließ die Fenster herunter. Kalte Luft strömte herein und prickelte auf seiner Haut.

Endlich hatte er die Autobahnauffahrt erreicht. Die Ampelanlage zeigte Grün. *Anscheinend ist heute mein Glückstag*, freute er sich still und sauste mit knapp achtzig Sachen die Auffahrt entlang. Auf der Autobahn war kein nennenswerter Verkehr.

So sollte es immer sein. Ackermann warf einen Blick auf die Uhr. Es war bereits 21.12 Uhr. Eigentlich hatte er schon längst zurück sein wollen. Wie sollte er erklären, dass er fast anderthalb Stunden durch den Wald geirrt war, um ein verletztes Reh zu finden? „Das wird alles sehr unschön“, murmelte er.

Insgeheim war er aber dankbar für den Stress, der ihn so stark beschäftigte. Er lenkte von den eigentlichen Problemen ab. Seit heute Abend war er ein Mörder, weil er keinen anderen Ausweg gesehen hatte. Er konnte nicht zulassen, dass die große Chance seines Sohnes durch die Willkür eines Mannes mit Alkoholproblemen verbaut würde. „Kollateralschaden", flüsterte Ackermann und klappte die Innenblende herunter, um in den Spiegel zu schauen. Seine Augen waren immer noch vom Schock geweitet, das Gesicht glänzte.

Nein, er war kein Monster. In diesem Falle hätte er die Tat ohne jede Reue ausgeführt. „Ich wünschte, es hätte eine Alternative gegeben", sagte er leise und klappte den Spiegel wieder hoch.

Er hatte die Abfahrt erreicht und verließ die Autobahn. Bei freier Straße waren es nur wenige Minuten bis nach Hause. Abrupt bremste er den Wagen ab und fuhr viel langsamer weiter. Plötzlich hatte er es nicht mehr eilig, nach Hause zu kommen, denn dort würde ihn Silke erwarten. Sie war vermutlich wieder geladen – Wut und Alkohol inklusive. Dieses Mal durfte er sich von ihr nicht unterdrücken lassen. Wenn er die Initiative aus der Hand gäbe, könnte das verheerende Folgen haben. Am besten wäre es, wenn er überhaupt keinen Zweifel an seiner Geschichte aufkommen ließe. Womöglich wäre es sogar sinnvoll, ihre Wut weiter anzufachen?

Das Leverkusener Zentrum und seine Peripherie hatte Ackermann bereits hinter sich gelassen. Jetzt fuhr er über gewundene Landstraßen, die ihm an anderen Tagen mit ihren sanft geschwungenen Bögen immer Trost gespendet hatten. Heute war alles anders. Jedes erleuchtete Haus, das er passierte, steigerte seine Abscheu. Seine Fantasie malte sich perfekte Familien hinter den Mauern aus. Er hörte Eltern mit ihren Kindern laut lachen. Solches Glück hatte er auf dem Gewissen.

„Scheiße, hör auf damit!", schrie er plötzlich heraus. „Einmal muss es doch gut sein! Wieso soll ich immer nur das Opfer sein? Schließlich habe ich nichts anderes getan, als das Glück meiner Familie, meines Sohnes zu verteidigen!" Er atmete stoßweise, überlegte anzuhalten, sah plötzlich Silke vor sich, wie sie mit hassverzerrtem Gesicht am Türrahmen lehnte, und fuhr weiter. „Ist es denn wirklich fair, dass die anderen immer alles bekommen und wir leer ausgehen?"

Seine eigene Stimme kam Ackermann in diesem Augenblick fremd vor. Nur das Heulen des Motors, der den trägen Wagen über die Anhöhen zwang, drang laut an seine Ohren. „Nein, es wäre nicht fair gewesen. Und vielleicht ergeben zwei Ungerechtigkeiten am Ende sogar Gerechtigkeit? Immerhin habe ich mich gegen das Schicksal aufgelehnt!" Er nickte, freute sich, dass er sich nicht mehr so elend fühlte, und war ein wenig stolz. Wer hätte je für möglich gehalten, dass er, dieser alte Pantoffelheld, der nicht mehr als ein durchschnittlicher Versicherungsmakler war, zu dieser Tat imstande wäre?

Ohne Frage, es war ein grausamer Mord gewesen, den er verübt hatte. Aber in einer unbarmherzigen Ellenbogengesellschaft musste man sich wehren, um nicht unterzugehen. Ob er, Andreas Ackermann, 47 Jahre alt, Versicherungsmakler, nun Schlechtes tat, interessierte die Welt nicht wirklich.

Es war an der Zeit, nicht länger das Schaf zu sein, sondern zu den Wölfen zu gehören! Jammern half nicht weiter. Er musste jetzt sehr vorsichtig sein und durfte sich nicht überführen lassen. *Sonst ist die Karriere meines Sohnes im Eimer. Sein Junge soll niemals diese Demütigungen erfahren, die ich so lange erlebt habe!*

Ackermann war mit seinen Gedanken so sehr beschäftigt, dass er gar nicht mitbekommen hatte, wie weit er bereits gefahren war. Gerade erreichte er die ersten Häuser des Neubaugebiets. Hier und da waren Fenster erleuchtet, viele Rollläden waren heruntergelassen, sodass die Häuser wie Bollwerke gegen fremde Eindringlinge wirkten. In seinem Zuhause brannte Licht. Allerdings war nur die Küche erleuchtet. In Julius' Zimmer im ersten Stockwerk war es dunkel.

Er parkte den Wagen, stieg aus und näherte sich der Haustür. Abwechselnd wurde ihm heiß und kalt. War es die Angst vor dem obligatorischen Streit, den er erwartete, oder war es das schlechte Gewissen, das ihn plagte? Als er den Schlüssel ins Schloss stecken wollte, wurde die Tür aufgerissen.

Silke stand ihm mit zusammengekniffenen Augen gegenüber. „Wo bist du gewesen?“, zischte sie.

„Ich hatte ...“, stammelte er.

„Jetzt komm mir nicht mit deinen Ausreden. Wenn du ein Tier angefahren hättest, wärst du doch wohl nicht so lange wie ein streunender Hund durch den Wald geirrt. Wo hast du dich wieder herumgetrieben?“

Wut kochte in Ackermann hoch. Er konnte nicht begreifen, dass sie ihm auch heute Vorwürfe machte, auch wenn sie gerechtfertigt waren, was Silke aber nicht wissen konnte. „Dann sieh dir doch mal den Wagen an!“, schrie er sie an, machte einen Schritt zur Seite und wies in Richtung des Autos.

„Ich werde einen Scheiß machen, und du, schrei hier nicht so rum! Wegen dir tuscheln die Nachbarn sowieso schon!"

Ackermann begann zu lachen. In ihm schien etwas explodiert zu sein. „Ich bin so laut, wie ich möchte. Für unsere Nachbarn tut es mir nur leid, dass sie eine so bescheuerte, dumme Kuh neben sich wohnen haben!"

Silke war wie paralysiert. Ihr Mund war leicht geöffnet, als wollte sie etwas erwidern, aber ihr fehlten die Worte. Mehrmals rang sie nach Worten, brachte aber keinen Ton heraus.

„Wenn du weißt, was du mir sagen willst, kannst du ja hinterherkommen. Ich gehe jetzt ins Bett. Ich habe keine Lust mehr, deinen alltäglichen Irrsinn zu ertragen." Ackermann zwängte sich zwischen seiner Frau und dem Türrahmen ins Haus hinein.

„Bleib gefälligst hier, du kannst nicht immer davonrennen!", brüllte sie auf einmal los. Ackermann hatte bereits die Treppe in Richtung Schlafzimmer erreicht, hob den rechten Arm und zeigte ihr, ohne sich umzudrehen, den Mittelfinger. Im Schlafzimmer warf er einen Blick hinaus aus dem Fenster und registrierte mit Genugtuung, dass Silke sich den vermeintlichen Wildschaden ansah und wie ein geprügelter Hund zurück ins Haus kam.

Ackermann lag schon im Bett, als Silke sich ins Zimmer schlich. Er sah ihren Schatten, der sich gegen das matte Licht abzeichnete, das vom Flur hereinschien. Leise stieg sie zu ihm ins Bett. „Es tut mir leid", flüsterte sie. Die Reue in ihrer Stimme klang aufrichtig. *Das sind ja ganz neue Seiten an dir.* Ackermann wusste nicht so recht, wie er reagieren sollte. „Schon okay“, fiel ihm ein. Seine Frau schmiegte sich an ihn. *Vielleicht habe ich all die Jahre etwas falsch gemacht und hätte öfter für mich eintreten sollen?*

„Ich hätte dir glauben und dich eher fragen sollen, ob es dir gut geht. Weißt du, manchmal, da kommt diese Wut einfach über mich.“

„Schon okay“, wiederholte Ackermann. Dann legte sich ein Lächeln auf sein Gesicht. „Schon gut. Aber mach es nie wieder.“ Ackermann war vom drohenden Unterton in seiner Stimme selbst überrascht und während er sich noch fragte, was die letzten Tage aus ihm gemacht hatten, schlief er ein.

Neuzugang: Bernd Siebert

Noch immer war Siebert vom Gespräch mit Andrés Eltern aufgewühlt. Es kam ihm vor, als wäre sein schmerzender Kopf für all diese wild durcheinander wirbelnden Gedanken, Ideen und Vermutungen viel zu klein. Dabei lag das Treffen schon knapp zwei Stunden zurück und er befand sich auf dem Heimweg. Zunächst hatte er den Verdacht von Andrés Mutter als absoluten Unsinn abgetan und vermieden, ihr dies zu sagen. Er hatte Angst bekommen, wollte eine weitere Konfrontation unbedingt vermeiden.

Dieses Gefühl ließ sich aber nur kurz verdrängen. Der verzweifelte Blick der Mutter würde ihn heute, morgen, wahrscheinlich immer verfolgen. Sie glaubte fest daran, dass ihrem Sohn etwas zugestoßen sein musste. Genauso fest glaubte sie daran, dass es aus purem Neid geschehen war. Doch hatte wirklich der Vater von Julius mit dieser Sache zu tun? Sicherlich hatte Julius allen Grund, André nicht zu mögen – und sein Vater war seltsam genug. Aber würde er wirklich so weit gehen?

Siebert war froh gewesen, als er das Training endlich beenden konnte – viel zu früh, wie ihm seine Spieler mitteilten. Aber das war ihm egal. Sie sollten die Zeit nutzen und sich nach den jüngsten Ereignissen etwas mehr ausruhen, hatte er knapp und unwirsch geantwortet und das Trainingsgelände fast fluchtartig verlassen.

Es war ihm schwergefallen, nicht mit quietschenden Reifen davonzurasen. Die Innenstadtstraßen waren wegen des anstehenden Europa-League-Spiels deutlich voller als normal. So quälte der Trainer sich in seinem roten Focus quer durch das Zentrum, bis er endlich die Peripherie erreichte und auf die Landstraße einbog, die ihn zu seiner Odenthaler Heimat führen würde.

Der Verkehr nahm weiter ab, Siebert konnte sich auf Vergangenes konzentrieren, rang um Erinnerungen an diesen einen Waldlauf. Wieder und wieder versuchte er es. Vergeblich. Immer, wenn sich die einzelnen Bilder zu einem stimmigen Ganzen formen wollten, zerbrach es zu losen Scherben. Übrig blieben Abneigung, lose Wortfetzen und die Gewissheit, dass etwas passiert war. Vielleicht hätte er bereits damals misstrauisch werden müssen?

Die restlichen Kilometer legte Siebert im Abendlicht zurück. Kein Auto begegnete ihm. Zügig fuhr er an den weiten Feldern und den sanft geschwungenen Hügeln links und rechts der Straße vorbei. Zwischen den Baumgruppen wurde es immer dunkler. Schatten krochen über die Landschaft. An einigen Stellen hatten sich dicke Fetzen von Abendnebel gebildet.

Diese Ruhe tat ihm gut. Allmählich erinnerte er sich an diesen Herbstnachmittag, der einem Bilderbuch entsprungen zu sein schien. Strahlender Sonnenschein, milde Temperaturen und das bunte Farbenspiel der Blätter hatten dem Jugendtrainer damals Lust auf einen Waldlauf gemacht. Er hatte sich eine Waldstrecke ausgesucht: 13 Kilometer lang, mit einigen steileren Wegstücken, damit der Puls ordentlich auf Touren kommen konnte.

Er war bereits früher am vereinbarten Treffpunkt, einem idyllisch gelegenen Wanderparkplatz, eingetroffen, als Julius und sein Vater aus einem alten VW ausstiegen. *Beide warfen mir einen Blick zu, der Milch hätte gerinnen lassen können.* Siebert schauderte es.

Kurzzeitg musste er seine Gedanken unterbrechen. Er hatte das Stadtzentrum von Odenthal erreicht – sofern man von einem urbanen Stadtkern sprechen kann – fuhr in den nächsten Kreisverkehr ein, nahm die erste Ausfahrt und steuerte an der Schule vorbei, hin zur Scherfbachtalstraße, die zum Hollweg führte.

Dort, mitten im Nirgendwo, hatte er sich einen alten Bauernhof gekauft, der damals so heruntergekommen gewesen war, dass er ihn sich sogar mit seinem schmalen Gehalt als Jugendtrainer hatte leisten können. Nun, einige Jahre und viele Arbeitsstunden später, war aus der Baustelle ein gemütliches Heim geworden, das er allein bewohnte. Siebert hatte entschieden, dass er erst einmal Verantwortung für sich selbst übernehmen musste, bevor er wieder einen anderen Menschen in sein Leben ließ.

Nach wenigen Minuten hatte er die Einfahrt zum Hof erreicht und stellte den Focus unter dem selbst errichteten Carport ab. Das verschieferte zweistöckige Gebäude kam ihm heute besonders wenig einladend vor. Die trostlose Umgebung deprimierte ihn mehr als an anderen dunklen Tagen. Obwohl er froh war, nicht mehr unter Menschen zu sein, konnte er doch dem Alleinsein nichts Positives abgewinnen.

Es fiel ihm schwer, sich in den alltäglichen Trott einzureihen, wenn ihn etwas belastete. Dieses Gefühl, hin und her gerissen zu sein zwischen der Sehnsucht nach anderen Menschen und der Furcht vor ihnen, begleitete ihn seit Jahren. Das Zuschlagen seiner Autotür klang in der Stille beinahe wie ein Knall. Sieberts Schritte verursachten ein hallendes Klackern auf der gepflasterten Einfahrt.

Als er in das Haus eintrat, schaltete er nicht das Licht ein, sondern ging direkt zur Küche und ließ den Treppenaufgang links neben sich achtlos zurück. Gerne wäre er seiner Gewohnheit gefolgt, zunächst ins Schlafzimmer zu gehen, sich des Trainingsanzugs zu entledigen und eine ausgiebige heiße Dusche zu nehmen. Unter anderen Umständen bewertete er anschließend die aktuelle Trainingsleistung seiner Spieler. Heute war alles anders. Würde er jemals wieder ein normales Leben führen können?

In der Küche wurde Siebert vom monotonen Ticken der Wanduhr begrüßt. Der Trainer setzte heißes Wasser für Tee auf und nahm am runden Küchentisch Platz. Dort standen noch Reste seines Mittagessens, die er nach einem längeren Spaziergang nicht mehr weggeräumt hatte, bevor er zum Training aufgebrochen war. Siebert schob die Teller beiseite, legte die Arme auf den Tisch und stützte sein Kinn auf ihnen ab.

Mit geschlossenen Augen suchte er die Blicke von Julius und dessen Vater. Er konnte sich erinnnern, dass er die Herbstsonne angenehm warm auf seiner Haut gespürt hatte, aber die Kälte ihm den Rücken hochgekrochen war, als das Vater-Sohn-Gespann vorgefahren kam. Mit versteinerter Mimik waren beide ausgestiegen. Julius, der trotz seiner Größe wie ein Häufchen Elend zu ihm geschlichen war, hatte ein leises „Guten Morgen“ gemurmelt und den Blick gesenkt gehalten. Hatte Siebert ihn nicht gefragt, ob alles in Ordnung sei? Bestimmt hatte er das. An eine Antwort konnte er sich nicht erinnern.

Kurz darauf hatte sich Julius' Vater genähert, ohne ihn zu grüßen. Er machte einen apathischen Eindruck. Irgendetwas hatte ihn an diesem Mann gestört. „Verdammt, Bernd, erinnere dich endlich!“, zischte der Jugendtrainer. Das Pfeifen des Teekessels unterbrach seine Gedanken. Er stand auf, schnappte sich eine Tasse, stopfte den erstbesten Teebeutel hinein, den er aus dem Einmachglas herausfischen konnte, und goss das kochende Wasser darüber.

Siebert blieb jetzt an der Spüle stehen, den Blick durch das Fenster hinaus auf das schwarze Land gerichtet. Die dem Haus am Waldrand gegenüberstehenden Bäume reihten sich zu einem undurchdringlichen Bollwerk aneinander. In der Ferne krochen zwei Lichtpunkte, die Scheinwerfer eines Autos, müde dahin.

Er konnte sich konzentrieren, wie er wollte. Es half nichts. Es fiel ihm nicht ein, was ihn an Ackermann gestört hatte. Der Mann hielt unter dieser kalten, beherrschten Oberfläche etwas verborgen, was Siebert in der milden Herbstsonne hatte frösteln lassen.

Der Jugendtrainer nahm einen vorsichtigen Schluck, um sich nicht die Zunge zu verbrühen. Der leicht bittere Geschmack des Earl Grey breitete sich in seinem Mund aus. Eigentlich war diese Sorte nicht die beste Wahl für einen Tee am Abend. Egal, in dieser Nacht würde er mit oder ohne Tee wenig schlafen können. Nur Myra hätte ihm jetzt helfen können.

Es hatte Zeiten gegeben, in denen er sie sofort aufgesucht hatte, um seinen Kummer zu vergessen. Inzwischen wusste Siebert, dass Weglaufen keine Lösung war. Die Probleme holen die Menschen immer ein. Sie verfolgen die Flüchtenden mit Siebenmeilenstiefeln. Myra konnte ihn auch nicht retten. Wenigstens blieb sie sein kleines Geheimnis.

Als Siebert nach seiner Alkoholsucht und den damit verbundenen Exzessen die ersten Tage trocken geblieben war, wollte er nie wieder derart abstürzen. Die Vorgehensweise, mit der er dieses Ziel erreichen wollte, war außergewöhnlich. Gerade aus der Klinik entlassen, fuhr er nach Remscheid und kaufte sich in der dortigen Whisky-Bar eine 23 Jahre alte Rarität mit bernsteinfarbenem Teint. Der teure Single Malt ruhte seitdem in einer kleinen Geschenktasche unter seinem Bett und hörte in seinen Gedanken auf den Namen Myra. Warum er der Flasche den Namen seiner ersten Freundin gegeben hatte, wusste er inzwischen nicht mehr. Vielleicht war es eine Form seines speziellen Humors, der ihn manchmal selbst irritierte.

Das angenehme Aroma und die Wärme des Tees halfen ihm, der Melancholie und Sehnsucht nach Myra, die sich in ihm ausbreiten wollten, zu verdrängen. Es hatte ihm viel Übung gekostet, aber inzwischen ließ er sich nicht mehr vom Strudel des Selbstmitleids herunterziehen, sondern versuchte, seine Probleme nüchtern zu analysieren. Im Vergleich mit Andrés Eltern, die ihr Kind vermissten, ging es ihm doch gut. Warum sollte er sich bereitwillig in die Opferrolle drängen lassen? *Vielleicht ist es eine Möglichkeit, um meinem Dasein einen Sinn zu geben, wenn ich anderen Menschen helfe?*

Diese einfache Gleichung erschien ihm zu naiv. So funktionierte das Leben nicht. Das hatte Siebert gelernt. Dennoch konnte er seinen Wunsch nicht mehr verdrängen. Er musste sich in die Geschehnisse einmischen. Längst hatte sich der Verdacht gegen Ackermann in seinem Kopf wie ein hartnäckiger Parasit eingenistet und begonnen, stetig zu wachsen. Allerdings brauchte er Beweise.

Die Polizei, so hatten Andrés Eltern gesagt, ging derzeit davon aus, dass der Junge einfach weggelaufen war. Sicher, die Beamten würden sich Sieberts Anschuldigungen erst einmal anhören. Aber nur auf einen bloßen Verdacht hin würden sie bestimmt keine ernsthaften Ermittlungen gegen Ackermann einleiten, der ja immerhin ein unbescholtener Familienvater war. Siebert suchte nach einer Erfolg versprechenden Strategie.

Er musste schwach lächeln, als ihm eine Taktik in den Sinn kam, die seine Mutter sehr schätzte: die direkte Konfrontation, gepaart mit Frechheit und Unterstellungen. Vielleicht konnte er Ackermann so zu einem Fehler, einer verräterischen Reaktion, zwingen?

Oder ich bringe André in Gefahr, wenn der Kerl ihn wirklich verschleppt hat, überlegte Siebert. Nein, er musste vorsichtiger zu Werke gehen. Seine Gedanken schlichen zu Myra. Er spürte starke Sehnsucht nach ihr und bildete sich ein, ihren leicht süßlichen, prickelnden Duft in der Nase zu haben. Wie viel einfach es doch wäre, einen Schluck zu nehmen und dann noch einmal alle Optionen durchzugehen.

Siebert schloss einen Moment die Augen und atmete tief durch. Es half nichts, die Unruhe nahm zu. „Nein, dieses Mal nicht“, rief er unvermittelt aus und ließ die Faust derart auf die Küchenzeile knallen, dass der Tee überschwappte. Er wollte nie mehr schwach werden. Nie mehr. Zufrieden stellte es die dampfende Teetasse in die Spüle.

Er musste hier raus, raus aus diesen Gefängniswänden, aus dieser schrecklichen Enge, um etwas unternehmen zu können. Zunächst galt es herauszufinden, wo die Ackermanns wohnten. Das, so dachte Siebert sofort, sollte sich über Eckhard regeln lassen. Der Jugendtrainer kam mit dem manchmal schwatzhaften und schusseligen Mitarbeiter der Geschäftsstelle sehr gut aus.

Eckhard gehörte zu den wenigen Leuten, die Verständnis dafür hatten, dass Siebert es vorzog, sich nachmittags in Cafés für einen Plausch zu treffen und Orte wie den *Steilpass* mied. Siebert hoffte, dass Eckhard zu Hause sein würde. Wie er ihn davon überzeugen könnte, mit ihm dann in die Geschäftsstelle zu fahren und ihm die Anschrift eines Vereinsmitglieds zu verraten, wusste der Jugendtrainer nicht einmal im Ansatz.

Er war sich aber sicher, dass – sollte überhaupt jemand eine solche Dummheit in Zeiten des strengen Datenschutzes begehen – Eckhard der richtige Mann war, um ihm die Adresse zu verraten.

Kurz darauf hatte Siebert seine Jacke übergezogen und suchte in der Tasche nach seinem Schlüssel. Sie war leer. Wo hatte er ihn nur abgelegt? Er seufzte und erinnerte sich an alles, was er gemacht hatte, seit er zu Hause angekommen war. Er hatte keine Ahnung, wo er den Schlüssel zuletzt hingelegt hatte.

Das ging ja schon gut los. Erste Zweifel mischten sich in seine Entschlossenheit. Vielleicht sollte er doch lieber zur Polizei gehen und nicht auf eigene Faust ermitteln? Doch was würde schon dabei herauskommen? Würden sie wirklich auf einen bloßen Verdacht hin Ackermann genauer unter die Lupe nehmen? Wenn ja, was würde dann aus André?

Nein, er musste die Angelegenheit selbst bereinigen. Wo war nur ...? Er fuhr sich mit den Händen durch Gesicht und Haar und dachte wieder an Myra. War seine momentane Verfassung jetzt nicht doch derart belastend, dass sie eine Ausnahme rechtfertigen würde? Er kniff die Augen zusammen, schüttelte den Kopf und befand sich wie ferngesteuert bereits auf dem Weg ins Schlafzimmer. Wie in einem Film nahm er wahr, dass er sich nach unten beugte, um unter das Bett zu greifen und die Tüte mit der Flasche hervorzuziehen. Sie fühlte sich unerwartet schwer an, das war gut und verlieh ihm Sicherheit.

In der matt erleuchteten Küche packte Siebert die Flasche aus, holte mit zitternden Händen ein Wasserglas aus dem Küchenschrank heraus und stellte es auf den Tisch. Whisky- oder andere Gläser für alkoholische Getränke hatte er aus gutem Grund nicht mehr im Hause.

Sein Blick blieb auf Myra und dem Glas ruhen. Wie in Zeitlupe wanderte die rechte Hand nach vorne, um nach der anmutig geschwungenen Flasche zu greifen. Kaum hatten die Fingerspitzen sie berührt, zuckten sie zurück, als hätten sie sich verbrannt.

„Nein!“, rief er. „Es gibt keine Ausnahmen mehr.“ Energisch packte er die Flasche und holte zum Wurf aus. Sein Arm schnellte nach vorne. Jäh brach er die Bewegung ab, ohne die Flasche loszulassen. „Das bringt doch nichts“, flüsterte Siebert und stellte sie auf den Tisch zurück. Dabei bemerkte er die feinen Schlieren, die das Destillat am oberen Rand des Flaschenhalses hinterließ.

Er stöhnte, als er sich wieder hinsetzte. *Was soll ich nur machen?* Diese Geschichte belastete ihn mehr, als er sich eingestehen wollte. Und der Schlüssel ...? Steckte der noch in der Haustür? Konnte das wirklich sein? Konnte er vorhin so kopflos gewesen sein? „Ich bin so ein Idiot“, flüsterte Siebert, als er die Szene vor sich sah. Er hatte die Tür aufgeschlossen, war ins Haus gestürmt und hatte den Schlüssel stecken lassen. Ja, so musste es gewesen sein.

Als er hinter sich den Boden knarren hörte, drehte er blitzartig seinen Kopf herum und konnte einen Blick auf die hochgewachsene Gestalt werfen, bevor er den Stich in seinem Hals spürte. Seine rechte Faust traf mit voller Wucht den Angreifer, der rückwärts torkelte, gegen den Geschirrschrank fiel und ihn umriss. Mit klirrendem Getöse brachen Teller und zerbarsten Gläser. Siebert sank langsam zu Boden. Vergeblich versuchte er aufzustehen. Der Raum schien sich von ihm wegzubewegen. Oder schrumpfte die Küche auf einmal zusammen?

Seine Beine fühlten sich schwach an. Siebert holte tief Luft, kniete jetzt vor dem Fremdem, kam langsam hoch und stand schwankend vor dem Angreifer, der sich aus den Überresten des Schrankes stemmte. Siebert setzte zum nächsten Schlag an, kippte nach vorne. Der Eindringling rollte instinktiv zur Seite, bevor Siebert auf ihn fallen konnte. Dessen Schlag ging ins Leere, traf nur Holz und Scherben. Sekunden später packte ihn ein Arm am Hals und wirbelte ihn herum. Laut aufstöhnend landete er rücklings auf dem Boden. Siebert blieb die Luft weg. Schwarze Punkte tanzten vor seinen Augen. Dann verlor er das Bewusstsein.

Taktikbesprechung

Ackermann zog sich keuchend die Maske herunter. Sein Gesicht war schmerzverzerrt. Er hatte sich den grauen Wollkragenpullover komplett aufgerissen, sodass nackte Haut, zum Teil blutverschmiert, sichtbar wurde. Dort, wo das Blut den Stoff durchnässt hatte, hatten sich dicke Flecken gebildet, die pechschwarz schimmerten. Ackermann biss die Zähne zusammen und drehte sich nach rechts, um sich genauer untersuchen zu können. Schnell entdeckte er die Ursache für den stechenden, brennenden Schmerz: Eine etwa daumengroße Scherbe hatte sich tief in seine Hüfte gebohrt.

„Scheiße, scheiße", fluchte er und schnaubte, als er – ohne weiter darüber nachzudenken – nach dem Fremdkörper griff und ihn mit einem Ruck herauszog. Er schrie kurz auf, sah, wie ein Blutstropfen zäh von der Spitze herabtropfte, und ließ die Scherbe achtlos fallen. Aus der Wunde sickerte dunkles Blut. Ackermann presste eine Hand drauf, ging gebeugt zum Esstisch, stellte den Stuhl, der im Handgemenge umgefallen war, wieder auf und setzte sich. „Oh Gott, was mache ich nun?", fragte er laut.

Die vergangenen Stunden liefen wie ein Film vor ihm ab. Es war keine anderthalb Stunden her, dass er Julius' Anruf auf seiner Mailbox abgehört und erfahren hatte, dass das Training früher beendet worden war. Sofort hatte er seine Tour abgebrochen, sich mit Kopfschmerzen krankgemeldet und war zu Julius gerast.

Er musste unbedingt wissen, warum Siebert die Trainingseinheit vorzeitig beendet hatte. *Die Toten reisen schnell*, war ihm eingefallen, als er die A1 auf einem Teilstück ohne Tempolimit mit fast 200 Stundenkilometern entlanggerauscht war. Am Trainingsgelände angekommen, hatte er sich beherrschen müssen, seinen Wagen nicht mit quietschenden Reifen abzubremsen.

Sein Sohn hatte ihm auf dem Weg nach Hause berichtet, dass alle überrascht gewesen waren, dass Siebert das Training ohne Begründung abgebrochen hatte. So viel Entgegenkommen kannten sie nicht von ihrem Trainer. „Vielleicht lag es auch einfach daran, dass die Böhlefelds heute da waren. Wir fanden es schon eigenartig, dass Andrés Eltern beim Training vorgefahren kamen und zusammen mit Bernd eine gute Stunde in der Kabine verschwanden. Er hat in der Zeit nicht einmal nachgesehen, was wir eigentlich machen", hatte Julius auf der Heimfahrt spekuliert.

Oh nein, war es Ackermann durch den Kopf geschossen. Mit aller Selbstbeherrschung, die er in dem Moment aufbringen musste, hatte er beiläufig gefragt, was das Ehepaar denn gewollt hätte.

„Das weiß ich doch nicht. Bernd kam nach dem Gespräch aus der Kabine und war total mitgenommen. Er war bleich und sah keinem von uns in die Augen, als er sagte, dass es genug Training für heute sei und wir nun langsam mit dem Auslaufen beginnen könnten. Man konnte glatt das Gefühl haben, dass er zwar vor uns stand, aber mit seinen Gedanken ganz woanders war", hatte Julius seinem Vater, der nur stumm genickt und stur geradeaus auf die Straße geblickt hatte, geantwortet.

Ackermann hatte sich in diesem Moment bereits ausgemalt, dass Trainer und Eltern ihn im Verdacht hatten und dass jede Sekunde ein Blaulicht im Rückspiegel aufflackern würde. Erst als diese Angst sich als unbegründet erwiesen hatte, hatte Ackermann nachgehakt. „War noch etwas sonderbar?“

Julius Antwort war augenblicklich erfolgt: „Direkt, nachdem Bernd uns das gesagt hatte, saß er schon im Auto und ist davongesaust. Wir waren alle extrem verwundert“, hatte der Siebzehnjährige berichtet und nicht bemerkt, dass sein Vater augenblicklich den Wagen beschleunigt hatte, um schneller daheim zu sein.

Ackermann war bewusst geworden, dass er den Verdacht auf sich gelenkt hatte. Auf einmal sah er Silke mit ihrem höhnischen Grinsen vor sich: „Die Leute fühlen sich in deiner Gegenwart einfach unwohl!“

Natürlich war ihm stets klar gewesen, dass der Verdacht nicht aufgrund irgendwelcher schwammigen Antipathien aufgekommen war, sondern weil das Trio womöglich schlichtweg nicht glauben konnte, André wäre davongelaufen. Sie hatten dann vermutlich überlegt, wer ein Interesse daran haben könnte, dass das Talent verschwindet. Ackermann stand sicherlich ganz oben auf der Liste. Allerdings hatten sie keine konkreten Beweise gegen ihn. Wäre das der Fall gewesen, hatte er überlegt, wäre er sicherlich noch am Trainingsgelände von Polizeibeamten abgefangen worden. Sie hatten nicht mehr als einen Verdacht. *Bis jetzt*, war es Ackermann durch den Kopf gegangen, als er mit seinem Sohn zu Hause ankam.

Dort war er regelrecht aus dem Wagen gesprungen und hatte seinem Sohn zugeraunt, er müsse dringend zur Toilette. In Wahrheit waren es andere Dinge, die ihn beschäftigt hatten. Silke, die in den vergangenen Tagen einen anderen Umgangston gepflegt hatte, holte einmal tief Luft, bevor sie ihren Mann – und dabei war ihr die enorme Selbstbeherrschung durch die verbissene Miene deutlich ins Gesicht geschrieben – so freundlich wie möglich begrüßt hatte, während dieser wie ein Derwisch durch die Wohnung gewetzt war.

Julius hatte das Haus kaum betreten, da war sein Vater die Treppe schon wieder herabgeschossen gekommen, den Blick an seiner Familie vorbei auf die Tür gerichtet. „Ich werde mir das Spiel gleich mit den Jungs im *Steilpass* ansehen“, hatte er im Vorbeigehen gesagt und sie dabei keines Blickes gewürdigt. Mit den Gedanken war er zu diesem Zeitpunkt bereits auf dem Weg zu Siebert gewesen. Als der Trainer die Mannschaft neu übernommen hatte, hatte er zu einer Grillparty geladen. Zwar war seine Familie nicht zu der Feier gefahren, aber Ackermann hatte sich die Adresse in seinem Handy notiert.

„Das ist doch jetzt nicht dein Ernst?“, hatte Silke gerufen, während auch auf Julius' Gesicht Enttäuschung lag, da er das Spiel gerne – ob nun zu Hause oder im Steilpass – mit seinem Vater gesehen hätte.

Doch genausowenig wie dieser vorhin seinen Frust wahrgenommen hatte, so kam es Julius auch jetzt so vor, als wäre er für seinen Vater Luft. Auch die erst zaghaften und dann immer lauteren Schimpftiraden seiner Frau waren fast ungehört geblieben. Gerade als Ackermann die Tür hatte aufziehen wollen, hatte Silke seinen Arm gepackt. „Du wirst jetzt nicht einfach so davonrauschen", hatte sie gezischt. „Geh mir aus dem Weg", war seine Antwort gewesen – mit kalter, schneidender Stimme. Sie hatte einen Moment ratlos gewirkt. Dann war sie zurückgewichen und er war hinaus zum Wagen gelaufen.

Ackermann verdrängte die Erinnerungen. Er hatte sicherlich den größten Fehler seines Lebens begangen, als er völlig überhastet eine solche weit reichende Entscheidung getroffen hatte. Was hatte er sich nur dabei gedacht, die Reste des Pentobarbital einzustecken und ohne ausgereiften Plan zu Siebert zu fahren? So kannte er sich nicht. *Mord passt nicht zu dir,* dachte er und gab ein kratziges Lachen von sich. Sofort spürte er wieder den Schmerz in der rechten Hüfte. Ackermann blickte in den Raum. Der Trainer lag zwischen den Trümmern und war außer Gefecht gesetzt. Da er wesentlich mehr wog als André, würde die Wirkung der Spritze allerdings nicht so lange anhalten. Als Ackermann aufstehen wollte, blieb ihm fast die Luft weg. Kraftlos sank er wieder zu Boden.

„Scheiße! Ich muss diesen Typen hier rauskriegen!" Er schlug so fest mit der Faust auf den Tisch, dass die Flasche vibrierte und umzufallen drohte. Ohne nachzudenken, griff er nach ihr, zog den Korken heraus und nahm einen Schluck. Wohlige Wärme verdrängte die sich ausbreitende Kälte. „Du Mistkerl wirst nicht alles auffliegen lassen!", flüsterte Ackermann und richtete sich langsam auf. Plötzlich fiel ihm der alte Tacker Hof ein. *Es gibt immer einen letzten Ausweg.*

Langsam näherte Ackermann sich Siebert, beugte sich über ihn, packte seine Arme und umschlang seinen Oberkörper. Er hatte das Gefühl, einen gewaltigen Felsen verrücken zu müssen. Alles um ihn herum begann zu schwanken, die Lungen breiteten sich stoßweise aus, zogen sich wieder zusammen. Der Kreislauf raste. Kurz vor dem Aufgeben taumelte Ackermann mit Siebert, dessen Füße über den Boden glitten, ein gutes Stück quer durch die Küche.

Er war erleichtert, dass der Körper in Bewegung war, nutzte den Schwung und zog Siebert bis in den Flur. Ackermann verlor die Balance und fiel nach hinten auf den Rücken. Der Aufprall verursachte wieder höllische Schmerzen in der rechten Seite. Wieder tropfte Blut aus der Wunde. *Ich muss das alles aufwischen*, dachte er und sah in Richtung Eingangstür, die ihm weit entfernt höhnisch entgegenzulachen schien. Ackermann traktierte zweimal mit der Faust den Boden. „Nein, nein, nein!", schrie er. „So wird das nicht ausgehen!" Mühsam zwang er sich auf die Knie, stand auf, packte Siebert, der bereits unruhiger wurde, unter beiden Armen und schleifte ihn Zentimeter für Zentimeter zum Ausgang. Erschöpft sank das ungleiche Duo zu Boden.

Ackermann war in seiner Jugend Marathon gelaufen. Niemals hatte er sich aber so ausgelaugt gefühlt wie in jenem Moment, als er die Tür erreichte. Sein Wagen stand direkt neben Sieberts Fahrzeug, kaum drei Meter entfernt, was ihm wie am Ende der Welt vorkam. Tief und gleichmäßig atmete er ein.

Er musste den Trainer nur noch zur Beifahrertür schleifen, auf den Sitz wuchten und dann ins Haus zurückgehen, um sein verräterisches Blut aufzuwischen! *Immerhin habe ich wieder Handschuhe an.*

Ackermann zählte laut bis drei, erhob sich schwer atmend, fasste Siebert und torkelte mit ihm, während er seinen schlaffen Körper umklammerte, auf seinen Wagen zu. Schwarze Punkte tanzten vor seinen Augen, als er den Wagen erreichte und Siebert vorsichtig gegen die Karosserie lehnte. Wie eine schnurlose Marionette fiel der Trainer beinahe in sich zusammen.

Ackermann öffnete die Tür, richtete den Koloss millimeterweise wieder auf und schob ihn mit einem sanften Stoß auf den Beifahrersitz. Siebert rang für ein paar Sekunden nach Luft, seine Finger griffen ins Leere. *Der Kerl wird bald wach. Ich muss mich beeilen.*

Ackermann verschnaufte kurz und schlich, nachdem er die Wagentür geschlossen hatte, in die Küche. Von der Last befreit, fühlte er sich viel besser. Die offene Wunde und die körperlichen Strapazen machten ihm aber sehr zu schaffen. Er keuchte heftig, der bittere Geschmack auf der Zunge ließ nicht nach. Neben dem Spülbecken krallte er sich mehrere Küchenrollen, machte sie nass und begann das Blut aufzuwischen.

Das Putzen fiel ihm so schwer, dass er eine Pause machen musste. Der Flasche auf dem Küchentisch konnte er nicht widerstehen. Ein Schluck vertrieb das sanfte Brennen auf der Zunge und vertrieb die Kälte und den üblen Geschmack. „Ich schaffe das“, flüsterte er und stopfte das blutgetränkte Papier in einen Müllbeutel. Zehn Minuten später hatte er es geschafft. Die verbrauchten Tücher und die Scherbe warf er in den Müllbeutel, den er unterwegs entsorgen wollte. Geschafft. *Niemand darf hier Blut von mir finden.* Den Müllbeutel in der einen, die Flasche Whisky in der anderen Hand wankte er zu seinem Auto.

Inzwischen war es im Freien bitterkalt geworden. Die Nacht war klar. Sterne funkelten in der klirrenden Kälte. Trotzdem rang der Schweiß aus seinen Poren. Ackermann glühte, Sekunden später fror er. *Das muss der Kreislauf sein. Beginnt so ein Herzinfakt?*

Er hatte sich bis jetzt nie die Zeit genommen, darüber nachzudenken, wie es sein würde, wenn man ihn tot auffände. Selbstmordgedanken hatte er schon länger gehabt, ohne sich um das Danach zu kümmern. Heute war gerade dieses Danach entscheidend geworden. Er wollte nicht als Mörder in Verdacht geraten. Wieder dachte er an den alten Tacker Hof. Das war seine letzte Chance. Er wollte nur noch alles regeln und zu einem klaren, wenn auch dramatischen Ende bringen. Unbedingt. Ob es gelingen würde, wusste er nicht.

Ackermann stieg in den Wagen, als Siebert anfing zu stöhnen und versuchte, die Arme zu heben. Ackermann drückte ihn brutal in den Sitz zurück. „Bleib ruhig, Siebert. Bald hast du es geschafft. Solange musst du aber noch das Spiel mitspielen“, murmelte er, als er den Wagen aus der Ausfahrt steuerte und den nächsten Schluck Whisky nahm, bevor er stoppte und einen Blick auf seinen unfreiwilligen Fahrgast warf.

Sicher war sicher. Er setzte die Flasche an Sieberts Lippen und ließ etwas von der Flüssigkeit hinauslaufen. Der Trainer schluckte instinktiv, hustete ein paar Mal. „Ich wusste doch, dass es dir schmecken wird“, höhnte Ackermann und fuhr los in Richtung Autobahnauffahrt.

An einer kleinen Pension legte er einen kurzen Stopp ein, um in dem großen Müllcontainer, der im Hinterhof stand, den Müllbeutel zu versenken. *Sollen sie das Blut ruhig finden. Selbst wenn herauskommt, dass es menschliches Blut ist, wird keiner sich die Mühe machen und es mit meinem abgleichen*, war Ackermann sicher, als er den Wagen in einer düsteren Ecke des Hofs parkte, ausstieg und sich Richtung Container schleppte. Kurz bevor er ihn erreichte, strauchelte er und konnte sich nur mit Mühe an einem der Griffe festhalten. Der Deckel schien Tonnen zu wiegen, als er ihn zurückschob. Erleichtert schleuderte er den Müllbeutel hinein.

Erschöpft ließ er sich auf den Fahrersitz fallen, schloss die Augen und erschrak. War er etwa länger weggenickt? Ein Blick auf seine Uhr beruhigte ihn. Nein, es waren nur Sekunden gewesen. Neben ihm zuckte Sieberts Körper in immer kürzeren Abständen. *Noch könnte ich den Notarzt rufen, um es nicht noch schlimmer zu machen, als es bereits ist*. Ackermann gab einen unartikulierten, bestialischen Laut von sich. *Nein. Ich bin schon zu weit gegangen. Ich kann nicht mehr zurück. Egal, welches Ende das alles nehmen sollte*. Mit zitternden Händen drehte er den Schlüssel um und startete den Wagen.

Zweikampf

Die Welt schien für Siebert ein einziger schwarzer, elender Ort zu sein, ein Hort der Schmerzen. Dumpf drang ein Rauschen an seine Ohren. Eisige Luft strömte über seine Haut, die feinen Härchen auf seinem Rücken richteten sich auf. Beißender Alkoholgeruch reizte seine Nase. Siebert schnappte nach Luft. Übelkeit braute sich in ihm zusammen. Ein treibender Rhythmus donnernder Trommeln quälte seine Ohren, ferne schrille Schreie schmerzten. Seine rechte Gesichtshälfte war kalt und taub. Seine Empfindungen formten sich zu einem einzigen Gedanken: *Was ist nur los mit mir?* Wie aus weiter Ferne hörte er eine hektische, nachhallende Stimme, die er nicht verstand. Ab und an überschlug sie sich fast.

Endlich öffnete er die Augen. Und erschrak. Alles, was er sah, war verschwommen. Siebert wollte losschreien, würgte ein Krächzen heraus. Seine Lippen schienen wie verklebt. *Junge, bleib ruhig*, sprach er sich Mut zu. Die ferne Stimme war verstummt. Nur ein ruhiges und gleichmäßiges Atmen war zu hören. Seine Pupillen wanderten nervös hin und her. Die verwischten Konturen wurden mit jedem Wimpernschlag klarer. Siebert wendete seinen Kopf mal nach links, mal nach rechts, bis er wie versteinert erstarrte. Er war fassungslos. Es war Ackermann, der sich über ihn beugte.

Was will der Kerl von mir? Was hat er vor? Ackermann sprach kein Wort, richtete sich auf und griff nach links zu einem Lenkrad. Siebert schob seinen geschundenen Körper möglichst weit nach oben. Draußen spendeten einzelne Laternen als Lichtinseln ein wenig Helligkeit. Die Musik aus dem Autoradio brach ab. *„Die Werkself jagt noch immer dem Ausgleichstreffer in dieser wichtigen Begegnung hinterher. Nach den letzten Pleiten in der Liga wäre ein Sieg auf internationalem Parkett so wichtig. Gute Nachrichten für alle Leverkusen-Anhänger: Das Team findet langsam besser ins Spiel und hatte durch da Silva nach einem feinen Dribbling vor wenigen Minuten eine Großchance. Es besteht also noch etwas Hoffnung.“*

„Blablabla“, sagte Ackermann monoton, den Blick nach vorne gerichtet, und drehte dem Sprecher den Saft ab. „Wen interessiert dieser Mist noch? Weißt du, wenn du nicht so ein unfaires Arschloch gewesen wärst, dann wäre das hier alles nicht nötig.“ Es folgte eine Pause. „Aber die Zeit für Ausreden ist vorbei.

Vielleicht war mein Junge einfach zu schlecht. Vielleicht war ich zu schlecht. Aber auch das spielt keine Rolle mehr. Ich werde heute Nacht alles beenden. Wenn man unsere Reste findet, wird es so aussehen, als wären wir beide sturzbesoffen etwas zu schnell unterwegs gewesen. Man wird neben ordentlich Promille noch ein paar andere Stoffe in unserem Blut finden.“

Ackermann lachte wie ein Irrer. „Die Bullen werden meine Freunde befragen. Vielleicht glauben sie dann, dass wir uns selbst ausgewechselt hätten – und das endgültig.“ Siebert brachte immer noch keinen Ton heraus. „Ich bin nur froh, dass ich in den letzten Minuten nichts mehr von anderen Menschen hören muss“, fuhr Ackermann fort und drehte, als wieder Musik lief, das

Radio so auf, bis die Bassboxen die Innenverkleidung erzittern ließen.

Der Irre wird uns umbringen, schoss es Siebert durch den Kopf. Er schaffte es, den Kopf zu heben, um besser an sich herabsehen zu können. Zum Glück war er weder angeschnallt noch gefesselt. Auch Ackermann hatte den Gurt nicht angelegt. Eine scharfe Kurve drückte Siebert gegen die kalte Fensterscheibe. Die Bremsen quietschten. Siebert fürchtete, dass der Irre die Kontrolle über den Wagen verlieren würde. „Ups, das wäre viel zu früh und mit viel zu wenig Tempo gewesen“, meinte Ackermann mit der Gefühlsregung eines Roboters.

Siebert spürte, wie sich sein Puls allmählich beschleunigte und dann raste. Er merkte, wie er mit jeder Sekunde in die Welt zurückkehrte, wie seine Sinne sich schärften und wie er die Ereignisse nicht mehr nur als Zuschauer wahrnahm. Langsam spannte er seine Muskeln an und richtete zaghaft seinen Oberkörper wenige Millimeter auf. Unerwartet wurde er ruckartig in den Sitz gepresst, als der VW mit aufheulendem Motor einen Satz machte und beschleunigte. Die Maschine dröhnte, als die Nadel des Drehzahlmessers in den roten Bereich schnellte. Siebert kannte die Straße, auf der sie jetzt rasten. Sie mündete direkt in eine lang gestreckte Allee in der Nähe des Trainingsgeländes. Schlagartig wurde ihm klar, was Ackermann plante, dessen Hände krampfhaft das Lenkrad umklammerten.

Ich habe nur eine Chance. Siebert spannte die Muskeln an, ließ sie wieder erschlaffen. *Nur eine einzige Chance*. Die ersten Bäume zeichneten sich fahl als unheilvolle Umrisse gegen eine Nebelbank ab, auf die der

Wagen zuraste. *Nur eine ...* Ackermann machte einen tiefen hörbaren Atemzug und riss den Lenker nach rechts. Sieberts Arm schnellte im gleichen Moment nach vorne. Zwei kräftige Arme kämpften gegeneinander, während der Wagen ins Schlingern geriet und das rechte Reifenpaar die Fahrbahn verließ.

Die Welt kippte vor den Männern, als das anderthalb Tonnen schwere Vehikel wie ein Kinderspielzeug durch die Luft gewirbelt wurde. Die Motorhaube streifte einen Baum. Holz zerbarst, als sei es explodiert, während die Drehbewegung des Autos ruckartig umgelenkt wurde. Siebert sah durch die breite Front der Windschutzscheibe den Boden über sich, der immer näher kam. Siebert schloss instinktiv die Augen. Dann der Einschlag. Metall schrie auf, als sich der Wagen wie eine Ziehharmonika zusammenfaltete.

Mit einem Mal erstarb das wirbelnde Chaos. Stille. Das Auto war auf dem Dach zum Liegen gekommen. Meine Beine! Der Trainer blickte nach oben. Er war von der Hüfte abwärts eingeklemmt und hing kopfüber nach unten. „Verdammt! Scheiße! Wie komme ich hier wieder raus?", fluchte er. Die Wirkung des Betäubungsmittels war wie weggeblasen. *Wo ist ...* Weiter kam er nicht, weil ihm jäh die Luft wegblieb. Sein Kopf wurde zur Seite gerissen. Siebert hob die Arme, die Finger tasteten wie irr seinen Hals ab. Der Gurt war fest um ihn geschlungen – und wurde unerbittlich zugezogen.

Ackermann hatte beim Aufprall Glück gehabt und war nur durch den Innenraum geschleudert worden. Dass er schwer verletzt war, hatte er zwar sofort gespürt, im Gegensatz zu Siebert war er aber nicht eingeklemmt worden und benommen gewesen. Die Sekunden Vorsprung hatte er genutzt, den Gurt zu packen und Siebert um den Hals zu schlingen.

Jetzt hing er am anderen Ende, weit nach hinten gebeugt, zog unterstützt von knapp 80 Kilo Gewicht gegen Siebert an. Mit weit aufgerissenen Augen kämpfte der Trainer um sein Leben und versuchte, seine Finger unter das Nylongewebe zu schieben. „Krepier doch einfach“, flüsterte ihm Ackermann zu und stellte erschrocken fest, dass auf einmal Blut aus seinem Mund tropfte.

Noch einmal verlor die Welt um Siebert herum an Konturen, drohte ins Schwarze hinüberzugleiten. Instinktiv ließ er vom Gurt ab, schlug wie von Sinnen mit einer Faust auf Ackermann ein, stieß dessen Ellbogen zurück. Einmal, zweimal, dreimal. Dann hörte er ein Stöhnen, langsam lockerte sich der tödliche Griff um seinen brennenden Hals. Er wollte auf Nummer sicher gehen. Wieder schlug er zu. Das Stöhnen wurde lauter.

Jetzt war er endgültig frei und drehte seinen Oberkörper, soweit es der eingeklemmte Unterkörper zuließ. Vor ihm lag eine Gestalt, die einem Horrorfilm entsprungen sein musste. Ackermanns Gesicht war blutverschmiert, rötlicher Schaum tropfte von seinen Lippen, der Blick war glasig, durch sein Hemd sickerte ein scharlachroter Strom. „Wo ist André?“, brüllte Siebert. – „Tot“, flüsterte Ackermann kaum hörbar und starrte abwesend ins Leere.

Siebert kam es vor, als überschlüge sich erneut seine Welt. Sein nächster Schlag traf gezielt Ackermanns Verletzung. „Wo ist er?“, fragte er, während die Horrorgestalt sich vor Schmerzen krümmte und hustete. „Tacker Hof“, keuchte Ackermann und fiel zurück. Siebert versuchte, ihn zu greifen. Doch ihm fehlten ein paar Zentimeter. Immer wieder griffen seine Finger ins Leere. Beide Männer sahen sich nun in die Augen.

Eine Sirene ertönte in der Ferne. Ackermann drehte den Kopf zum Fahrerfenster. Die Scheibe war bei dem Aufprall regelrecht pulverisiert worden. „Wage das ja nicht, du mieses Schwein!“, drohte Siebert, als Ackermann sich mit den Armen abstützte und sich wie in Zeitlupe durch das Fenster schob. „Du Schwein. bleib hier!“ Ackermann hatte es nach draußen geschafft. Schwankend kam er zum Stehen, stolperte nach links, nach rechts, strauchelte, richtete sich wieder auf – dann hatte ihn der Nebel verschluckt.

Spielbericht

Ludwig Kiersbachs Puls spielte Achterbahn – und mit jedem neuen Bremslicht, jedem Stopp wurde es schlimmer. Der 43-Jährige war mit einem für ihn beinahe grenzenlosen Optimismus ins Auto gestiegen. *SO schlimm wird es heute schon nicht, Freitag ist auf den Straßen immer wenig los und das Wochenende ist nahe!*

Doch keine zehn Minuten später, als er über die Landstraßen dem Innenstadt-Moloch entgehen wollte, kam alles ganz anders. Rote Bremslichter flackerten ihm entgegen, mitten auf einem Stück Straße, auf dem weit und breit keine Ampel folgte, ja nicht einmal eine Kreuzung. *Es muss ein Wildtierschaden sein.* Dann sah er, wie die ersten Fahrzeuge auf der schmalen Straße wendeten. Er wollte gerade zurücksetzen, als ein grelles Licht den Innenraum flutete und es dunkel wurde. Ein Lastwagen war wenige Zentimeter an ihn herangefahren. Schnaubend kam das Gefährt zum Stehen, als die Luft in der Hydraulik zischte. „Das hat mir gerade noch gefehlt", schimpfte der Zollbeamte.

An jedem anderen Werktag plante Kiersbach einen großzügigen Puffer für die Fahrt zum Düsseldorfer Airport ein. Freitags waren die Straßen in der Regel leer genug, um später starten zu können. Jetzt war es schon 6.57 Uhr. Wenigstens würde er im Radio erfahren, was vor ihm los war.

Die ersten Fahrzeuge, die gewendet hatten, rauschten in der Gegenrichtung an ihm vorbei. Immer mehr folgten. Nur der Fahrer vor ihm wollte offensichtlich nicht drehen. Kiersbach schlug das Steuer ein und setzte vor, es waren nur wenige Zentimeter Platz. „Verdammt“, fauchte er. Er würde mindestens zehn Züge brauchen, um sich aus diesem Karosserie-Nadelöhr zu befreien. Mehrfaches Hupen riss ihn aus seiner Konzentration. Keine Handbreite von seiner Motorhaube entfernt, donnerte ein Sprinter vorbei.

Vor Schreck würgte er den Wagen ab. Der gebürtige Düsseldorfer, der nur wegen seiner Ex in die „Leverkusener Provinz“ gezogen war, fluchte laut los und startete den Motor neu. Als er ein Stück vorrollte, um sein Wendemanöver fortzusetzen, flackerte Blaulicht auf. Mehrere Polizeiwagen kamen ihm entgegen. Der erste bremste demonstrativ ab, als er sich Kiersbachs Fahrzeug näherte. *Ist das jetzt deren Ernst?* Er schnaubte, als er den Volvo wieder zurücksetzte und so einschlug, dass er in die Lücke gleiten konnte. Der Streifenwagen fuhr weiter. Zwei mahnende Paare Polizeiaugen blickten Kiersbach an. Die Beamten schüttelten die Köpfe, dann beschleunigten sie ihren Wagen.

Was ist hier nur los? Als das Blaulicht weit genug entfernt war, streckte der Zollbeamte den Kopf aus dem Fenster. Auch in gut 500 Metern Entfernung erblickte er nur rote Bremslichter. Wobei – das stimmte nicht. Auch dort flackerte Blaulicht.

7.01 Uhr. Fast hatte er die Nachrichten vergessen und schaltete das Radio ein: „*... der Leverkusener Jugendtrainer wurde mit dem Hubschrauber in eine Spezialklinik nach Köln geflogen. Er sei schwer verletzt und* *noch nicht ansprechbar, aber schwebe nicht mehr in Lebensgefahr. Nahe des Unfallorts sei eine bisher nicht identifizierte Leiche gefunden worden. Der schwer verletzte Mann habe laut Polizeiangaben das Autowrack vermutlich unter Schock verlassen und sei orientierungslos einige Meter weitergelaufen, bis er zusammengebrochen sei. Noch immer ist der Bereich gesperrt. Autofahrern rät die Polizei, das Gebiet großräumig zu umfahren. – Und nun zum Sport: Der Werkself ist gestern eine beispiellose Aufholjagd gelungen, die nach der Niederlagenserie in der Bundesliga zum ersten Sieg seit mehreren Wochen geführt hat. Star-Spieler da Silva gelangen ...“*

Kiersbach schaltete das Radio aus. „So viele Idioten findet man nur auf deutschen Straßen“, schimpfte er und setzte sein Wendemanöver fort.

- - - - -